KB074369

천재들의 사춘기

천재들은 10대
20대에
무엇을 했을까?

아이북스

365일 독자와 함께 지식을 공유하고 희망을 열어가겠습니다.
지혜와 풍요로운 삶의 지수를 높이는 아인북스가 되겠습니다.

천재들의 사춘기

초판 1쇄 인쇄 2015년 08월 24일
초판 1쇄 발행 2015년 09월 04일

편　　저 김지숙
펴 낸 곳 아인북스
펴 낸 이 정유진
등록번호 제 2014-000010호
주　　소 서울시 금천구 가산디지털로 98
(가산동 롯데 IT캐슬)2동 B218호
전　　화 02-868-3018
팩　　스 02-868-3019
메　　일 bookakdma@naver.com

ISBN 978-89-91042-57-5 04810, 978-89-91042-59-9(세트)
값 11,000원

천재들의 사춘기

천재들은 10대 20대에 무엇을 했을까?

아이북스

차례

차례

들어가는 말

이 시대에 고3 아이를 둔 어머니들이 다 그렇듯 나도 죄인 아닌 죄인의 심정이다. 지은 죄도 없이 좌불안석인 게 우리 엄마들의 일상이다. 새벽부터 일어나 아침 밥 준비하고, 아이 깨우는 게 하루의 시작이다. 공부가 힘들어 짜증은 나지 않는지, 행여 몸은 아프지 않은지, 친구들과는 잘 지내는지…….

이런 걱정 아닌 걱정들로 노심초사하기 마련이다. 또 아이가 좋은 대학에 들어가기를 바라는 게 부모다. 행여 어느 방송이나 신문에서 아이들에게 좋은 것이라고 입만 뻥긋해도, 귀가 솔깃해지고 뭐든 해주고 싶다.

누군들 자식이 잘 되기를 바라지 않겠는가만, 부모 마음대로 되지 않는 것 또한 자식이 아니던가!

우리 아들은 중학교 때부터 담배를 피우고 술도 마신듯하다. 노래방에서 놀다 왔다며 머리카락과 옷에 담배 냄새를 묻히고 들어오는 아들놈을 나무랐더니, 휴게실에서 아저씨들이 피운 거란다.

행여 삐뚤어질까, 알고도 모른 척 그렇게 넘기다 보니 어느새 아들은 고3이 되어 있다. 남들이 말하는 '엄친아(엄마 친구 아들)'는 아니더라도 그냥 평범한 학생이기만 바라는 게 지금의 심정이다.

고등학교에 입학하고 얼마간은 전학을 보내달라고, 학교 가기 싫다고 떼를 썼었다. 새로운 환경에 적응하느라 저도 힘들었겠지만, 지켜보는 나도 가슴 아팠다.

성적도 중하위권이다. 4~5급이다. 대학 못 들어가면 바로 군대 가라는 아빠의 협박(?)도 엄마의 잔소리 못지않게 스트레스일 거다.

이 글을 엮은 건 아들에게, 위대한 업적을 이룬 인물들도, 훌륭한 과학자들도, 자기 세계를 구축한 예술가들도, 또 당당한 사회 지도자들도 다 한 때는 어렵고 힘든 사춘기 시절을 보냈다는 이야기를 해주고 싶어서다. 이 글을 읽은 아들이 공부가 인생의 전부가 아니라는 변명을 하고 싶어지게 만들지도 모른다.

그래도 인생을 살아가는데 많은 역할을 해주는 게 공부라는 말은 해주고 싶다.

자기 분야에서 두각을 나타낸 천재들인 만큼, 자기 분야 외에는 등한시하고 잘 못했다. 그래서 우리 아들도 그래도 된다는 말은 아니다. 왜냐하면 우리 아들은 천재가 아니기 때문에.

그저 그런 평범한 사람이라, 그저 그렇게 평범하게 살려면, 할 수 있을 때 공부를 해야 한다는 말이 하고 싶어서 엮어보았다. 자기 분야에서는 천재였지만, 공부를 하지 않았기 때문에, 나이 들어 후회하는 인사들을 보여주고 싶었다. 이제라도 깨닫고 열심히 해 주기를 바라는 마음으로. 지금은 비록 열등생이라도 훗날엔 타고난 저마다의 소질을 계발하여 천재성을 발휘할지도 모르니.

이런 말들은 다 변명인지도 모른다. 오히려 내 마음이 편코자 하는 이야기일 것이다. 천재들도 사춘기적에는 열등생에, 지진아에, 병약하고, 심약하고, 외곬스로 지냈으니.

우리 아들도 나중엔 천재적인 기질을 발휘해 줄 거라 믿고 싶은 것일 게다.

사실 우리 아들이 읽어주길 바라며 썼지만, 나처럼 문제아에 열등생 아들을 둔 엄마들이 더 많이 읽어주기를 바란다. 아들, 딸이 열등생도 아니고, 지진아도 아니고, 병약하지도 않고, 심약하지도 않고, 외곬수도 아니니, 그들에게 고마워하라고. 자식에게 하나의 장점만 있어도, 아니 아프지 않은 것만도 다행이라고. 또 아프면 어떤가. 존재자체만도 행복임을 알라고.

'엄친아'를 자식으로 둔 엄마들은 무슨 개소리냐고 항변할지도 모르지만, 그럴 테면 그러라지. 그들이야 그러건 말건 내 마음의 위로를 받은 건 사실이니까.

부모 노릇하기 힘든 이 시절에, 학창시절에도 받아보지 못한 100점짜리가 되지는 못하리라. 내가 못 받은 100점을 자식에게 강요할 수는 없지 않겠는가! 그러니 열등생 천재들을 보며 위로나 받는 수밖에.

알렉산더 대왕

BC356년 마케도니아 출생

BC335년 21세 왕위 계승

BC334년 22세 페르시아 원정

BC324년 32세 바빌론에 개선

BC323년 33세 사망

아버지도 못 이기는 고집쟁이

왕들 중 가장 제왕다웠던 제왕. 가장 철학적이었던 제왕. 가장 화끈하고 인정 많았던 제왕으로 일컬어지는 위대한 침략의 천재. 아리스토텔레스의 제자였던 알렉산더 대왕은 대관절 사춘기를 어떻게 보냈을까?

열서너 살의 알렉산더는 스승인 아리스토텔레스가 시키는 공부보다는 사냥이나 말 타기를 좋아하여, 스승의 골치를 썩이기도 했다. 그러나 그는 왕자답게 총명하고 영특하여 가끔 주위 사람들을 놀라게 하였다고 한다.

어느 날, 그리스 사람들이 야만국이라고 일컫던 마케도니아의 제왕 필립스는, 좋아하는 전차경주 구경을 하고 펠라 왕궁으로 들어오다, 궁전 뜰에 모여 있는 한 무리의 군중을 발견하고는 마차를 세웠다.

사람들은 소리치며 옥신각신 다투고 있었다. 거기엔 왕자 알렉산더와 신하들도 끼어 있었다.

"왜 이리 소란스러운가!"

"예, 대왕마마, 아뢰옵기 황송하오나 웬 펫살리아 사기꾼이 야생마를 끌고 와선 명마(名馬)라고 대왕님께 팔겠다는 겁니다."

"명마를?"

펫살리아 인이 필립스 왕에게 머리를 조아리며 말했다.

"예, 대왕마마, 이 부케팔로스는 천하에 둘도 없는 명마이옵니다. 십삼 탈렌트(당시의 화폐 단위)만 내십시오."

"그래?"

"틀림없습니다."

필립스 왕은 명마라는 말에 귀가 솔깃하여 마차에서 내려 말에게 접근하였다. 그러나 말은 몹시 난폭하고 사나워 마구 날뛰었고 왕은 고삐도 쥐어보지 못하고 물러나왔다. 왕은 크게 노하여 날뛰는 야생마를 당장 끌고 나가라고 호통 쳤다.

그때 잠자코 지켜만 보던 알렉산더가 필립스 왕을 불렀다.

"왕자가 어인 일인고?"

"제가 보기에 이 말은 틀림없는 명마입니다. 이런 준마를 그냥 보내다니요. 거저 굴러들어온 보화를 차버리는 것과 같습니다."

"뭐라고! 왕자는 부왕을 무엇으로 아는가?"

"이런 명마를 제대로 알아보지 못하신다니 마케도니아의 제왕답지 않습니다. 이 말을 사주십시오."

아들의 괄괄하고 불같은 성질을 잘 아는 왕은 버텨봐야 고집을 꺾을 수도 없을 뿐더러, 나이가 어림에도 총리대신이나 문무백관을 앞지르는 선견지명이 있는 있는지라 성정을 약간 누그러뜨리며 왕자에게 물었다.

"그럼 왕자는 날뛰는 저 말을 다룰 수 있단 말이냐?"

"자신 있습니다, 대왕마마. 다른 말은 몰라도 이 말만은 자신 있습니다."

"만일 저 말이 순순히 말을 듣지 않는다면 어찌하겠느냐? 어떤 벌이라도 받겠느냐?"

"예. 말 값을 소자가 치르겠습니다."

"말 값을 치르는 것이 문제가 아니라, 여기 많은 사람들에게 망신을 당하게 되니 그 점을 벌을 받겠느냐?"

"예, 그러지요."

모여 있던 군중들이 웃음을 터뜨렸다. 그도 그럴 것이 왕자가 가끔 승마를 하기는 하지만 그 말들은 길들여진 온순한 말들임을 잘 알기 때문이었다.

알렉산더는 조금도 망설이는 기색 없이 말에게로 다가갔다. 고삐를 잡고 말을 태양 쪽으로 돌려세웠다. 그렇게도 난폭하던 말이 조용해졌다. 사람들은 놀랐다. 그 말은 제 그림자를 보고 놀라 그렇게 날뛰었던 것이다.

알렉산더는 이내 말 잔등에 올라앉았다. 그리고는 박차를 가하여 화살처럼 내달았다. 모여 있던 신하들은 물론 필립스 왕과 왕비도 놀랍고 어이없어 입을 떡 벌린 채 멍하니 서있었다.

한참 만에 알렉산더는 싱글벙글 웃으며 궁으로 돌아왔다.

"와! 알렉산더 왕자 만세!"

이를 본 신하들은 환호성을 지르고, 왕은 부케팔로스 잔등에 의젓하게 앉아 있는 왕자에게 부르짖었다.

"나의 왕자여! 더 광활한 왕국을 건설하여라. 이 나라 마케도니아는 너에게 너무나 좁구나!"

얼마 후 필립스 왕은 질투심 많은 올리비아스 왕비가 있는데도, 클레오파트라에게 빠져 후궁으로 맞아들였다.

당시에는 후궁을 맞아들일 때도 왕비를 맞아들일 때처럼 성대한 결혼식을 거행했다. 클레오파트라의 큰아버지가 노망이 들었는지, 이 결혼식에서 이런 축사를 하며 축배를 올렸다.

"대왕! 바로 오늘의 아름다운 인연으로부터 마케도니아의 다음 왕이 탄생하기를 기원하옵니다!"

그 자리에 있던 알렉산더는 그의 말이 떨어지자마자 격분하여 벌떡 일어섰다.

"네 이놈! 그러면 난 무엇이란 말이냐? 내가 서자냐? 마케도니아의 다음 왕은 여기 이렇게 건재하시다!"

알렉산더는 이렇게 소리치며 들고 있던 술잔을 클레오파트라의 큰아버지 얼굴에다 던져버렸다.

이 광경을 본 클레오파트라는 토라져 연회장을 박차고 나가버렸고, 아들 못지않게 성질 급한 필립스 왕은 칼을 빼들고 알렉산더를 치려들었다. 왕자는 칼로 내리치려는 왕 앞에

칠 테면 치라고 떠억 버티고 섰다. 그 자세는 당당하고 의연하고 추호도 두려움이 없었다. 이에 질린 필립스 왕은 그대로 기절해 버렸다.

그러자 알렉산더는 기절한 왕을 부축하기는커녕, 차갑게 내려다보며 신랄하게 공격적인 비난을 퍼부었다.

"보시오! 아시아로 건너가 거대한 땅덩어리를 정복하려는 마케도니아의 국왕이 한 여자에게서 다른 여자에게로 건너가지도 못하고 쓰러져 있는 것을……."

이 일이 있는 후 부자는 한동안 견원지간이 되어 서로 경원시하였다.

알렉산더가 열다섯 살 때의 일이었다.

그 후 필립스 왕은 젊은 반역자에게 암살당했고, 클레오파트라도 올리비아스 왕비에게 독살 당했다.

왕이 죽고 알렉산더는 20세에 왕위를 계승, 마케도니아의 국왕이 되었다. 왕위에 오르자마자 알렉산더는 부친을 시해한 반역자들을 색출하여 엄중히 처단하고, 클레오파트라를 죽인 올리비아스 왕비를 힐책했다.

필립스 왕과는 달리 과감한 정책으로 나라를 다스리고 세계정복의 꿈을 하나씩 실현해갔다. 마케도니아 주변의 야만족들과의 전투에서 대승리를 거둔 때를 기점으로 그리스 원정에 나설 당시 그의 나이는 22세였다. 이어 페르시아 정복, 소아시아와의 전투, 시리아 전쟁에서 승리를 거둘 때까지 그와 함께한 유일한 친구는 부케팔로스였다.

누구도 흉내 낼 수 없는 탁월한 전략과 명마 부케팔로스는 그의 자랑이었다. 치열한 전투 속에서 생사를 같이 했던 부케팔로스가 죽자, 알렉산더는 애통해하며 말의 이름을 딴 도시까지 건립했다고 한다. 부케팔로스는 알렉산더의 승승장구를 뒷받침해주던 명마였다.

알렉산더

그대가 강자(强者)라면,
먼저 그대 자신을 정복하라.

Would you be strong, conquer yourself.

최대의 난관은 자기 자신을 정복하는 것이라는 뜻으로, 자기 자신을 이기는 자는 다른 어떤 것도 정복할 수 있다는 말로 해석할 수 있다.

왕양명(王陽明)의 '*산중의 적*을 쳐부수기는 쉬워도 *마음속의 적*을 쳐부수기는 어렵다'고 한 말과 같은 뜻.

나폴레옹 보나파르트

1769년 코르시카에서 출생

1802년 33세 제1집정관

1804년 35세 황제가 되다

1805년 36세 트라풀칼 해전에서 패배

1812년 43세 러시아 원정 실패

1814년 45세 엘바 섬으로 유배

1815년 46세 백일천하

1821년 51세 센트 헬레나 섬에서 사망

자살까지 생각했던 왕따!

전 유럽을 뒤흔든 전쟁의 영웅, 보나파르트 나폴레옹의 사춘기는 한마디로 비참했다.

그는 너무 가난해 급우들의 멸시와 천대를 받으며 학교생활을 했다.

코르시카 섬의 가난한 집안에서 13남매 중 셋째(다섯은 죽고 8남매만 자랐음)로 태어난 나폴레옹은 사관학교에서 생활하는 동안 개 같은 취급을 당했다.

"야, 개 같은 놈아! 너처럼 예의도 모르는 놈은 식탁에 앉을 자격도 없어."

학교 구내식당으로 밥 먹으러 갔다가 옷차림이 남루하여 그런 힐난을 들은 적이 한두 번이 아니었다. 옷이라고는 학교에서 지급받은 것밖에 없는 그는 육군 예과 생도가 아니라 넝마주의 같았다. 너무 가난해서 신발 한 켤레, 옷 한 벌 제대로 사 입지 못해, 작고 헤진 교복을 입은 그를 교관은 불량학생으로 보았다.

모욕을 참고 밥을 떠 넣으며 그는 다짐했다. 번드르르한 프랑스 귀족 아이들에게 코르시카란 어떤 나라인지, 남루한 코르시카 인이 어떤 인간인지 언젠간 꼭 보여주겠노라고.

어려서부터 전쟁놀이를 좋아하고, 칼이나 대포 같은 장난감만 가지고 놀던 나폴레옹의 꿈은 군인이었다. 훌륭한 군인이 되어 부하를 마음대로 지휘하는 것이 소망이었다.

"나폴레옹! 너는 엄마가 땀을 흘려가며 하얀 빵을 만들어 주면, 그 빵을 프랑스 군인의 검은 빵과 바꿔 먹더구나. 왜 그러니?"

"어머니, 전 군대 빵을 먹고도 견디는 훈련을 하는 거예요. 검은 빵을 좋아할 사람이 어디 있겠어요."

"넌 군인이 되고 싶니?"

"네. 군인이 되고 싶어요. 그래서 프랑스 사람들을 코르시카에서 몰아내고 싶어요."

어릴 때부터 군인이 꿈이던 나폴레옹은 파리의 브리엔느 육군 소년 예과학교에 관비 유학생으로 입학했다. 그곳은 귀족과 상류 집안 자제들이 다니는 학교로, 장교를 길러내는 곳이었다.

나폴레옹이라는 코르시카 식 발음이, 프랑스어로는 '코가 없는 사람'이라는 뜻이 되어, 유난히 코가 큰 그는 조롱당하기 일쑤였다. 그런 그는 시골뜨기에다 키가 몹시 작아 놀림의 대상이 되곤 했다. 행색이 초라한 나폴레옹은 돈 많고 호화로운 생활에 익숙한 친구들과는 어울릴 수 없었다.

원래는 명랑하고 활발한 소년이었지만 급우들의 괄시로 고립되어 생활했다. 그래서 외롭고 내성적인 소년으로 변해갔다. 요즘 말로 하면 '왕 따'였다.

'가난뱅이 코르시카 촌놈' '코르시카 놈들은 뭘 먹고 산다니? 난쟁이야!' '저리 가! 이게 무슨 퀴퀴한 냄새야!' 라며 대놓고 천대하는 친구들 때문에 참다못한 나폴레옹은 아버지께 용돈을 청했다.

그러나 아버지에게서 날아온 답은 '미안하다, 졸업 때 까지만 참아다오.'였다.

가난에 시달리는 가정 형편을 뻔히 아는 그는 약이 올랐지만 이를 악물었다. '좋아, 이겨내자. 니들 괄시 땜에 풀이 죽다니…….' 그런 결심은 인내력을 기르는데 도움이 되었다.

오랫동안 식민지로 지내온 코르시카 인이라 독립정신의 피가 그의 혈관을 타고 흘렀다.

가난과 핍박과 조소와 외로움 속에서도 나폴레옹은 학업에 열중했고, 그리스와 로마의 영웅, 장군들, 정치가들에 대한 서적을 탐독했다.

3년 째 되던 해, 나폴레옹의 성적은 수석이었다. 어학(프랑스어, 라틴어 등) 성적은 저조하였으나 수학, 역사, 지리 등은 우수했다. 그래서 그는 교장에게 반장임명을 받았다.

나폴레옹의 지휘를 받지 않겠다고 항의하는 생도들과 충돌하지 않을 수 없었다. 나폴레옹같이 융통성 없고 꾀죄죄한 녀석을 반의 대표로 받아들일 수 없다고 그들은 주장했다.

그런 생도들을 타일러 보낸 교장은 나폴레옹에게 충고했다.

"네가 강직하고 성실하며 의지가 굳은 학생임은 잘 안다. 그러나 나폴레옹! 세상은 절대 혼자 영웅이 되게 해주지 않는다. 영웅이든, 위인이든, 제왕이든, 주위에서 만들어주어야만 비로소 탄생된단다. 훌륭한 군인이 되려면 분명히 기억해라. 혼자만 강한 독불장군은 진실로 강해질 수 없는 법이다. 모든 사람에게 존경받는 사람이야말로 진정 강한 사람이야. 상관을 위해서라면 목숨이라도 아끼지 않는 부하를 가져야 한다. 나폴레옹! 부하의 신임과 존경을 받을 수 없는 군인은 절대 훌륭한 군인이 될 수 없다!"

나폴레옹은 그 말을 가슴깊이 새겼다. 그는 스스로를 다독이며 친구들과 트럼프도 하고 농담도 하며 어울리려 애썼다. 처음엔 그를 경원시하기만 하던 친구들도 조금씩 가까워졌다. 뜻이 맞는 급우들과, 나폴레옹의 인간성을 새로 발견한 벗들은 그와 친해진 것을 무척 기뻐했다.

그 해 겨울, 눈이 쌓인 어느 날 아침, 생도들은 눈싸움을 벌였다.

나폴레옹은 한편에 서서 눈싸움을 지휘했다. 그는 실전이라도 치르는 듯, 요새 구축 술을 상기하며 작전을 세웠다. 나폴레옹은 후퇴와 동시에, 일부 생도들을 요새의 수비대로 두고, 눈 탄환을 만들게 했다. 그리고 상대편을 거기까지 오도록 유인했다.

그의 작전은 성공이었다. 그는 최선봉에 서서 요새 수비대와 합세하여 재차 돌격을 개시했다. 뜻밖의 공세에 적들은 혼비백산하여 달아나버렸다. 나폴레옹의 작전은 대성공을 거두었고, 생도들은 서로 어울려 배꼽을 잡고 웃었다.

그때부터 나폴레옹의 인기는 치솟았다. 이제 급우들은 그가 반장이라는 데 대한 불평불만을 터뜨리지 않았고, 오히려 그를 대표로 둔 것을 영광으로 생각했다. 탁월한 작전과 지휘 능력을 인정받은 것이다.

눈싸움 지휘로 급우들의 신임을 얻은 나폴레옹은 얼마간 활기찬 나날을 보내는가 싶더니, 이번엔 자기 혐오감에 사로잡혀 우울해했다. 사춘기의 과민한 감성이 그를 괴롭히기 시작한 것이다.

겉으로는 명랑한 체 떠들어도 친구들과의 부조화로 고립되어 온 터라 외로웠다. 우연히 괴테의 <베르테르의 슬픔>에 심취되어 세계와 시대, 그리고 자기 자신까지도 혐오했다. 그러다 마침내 자살까지 생각했다.

성적은 그런대로 유지했으나 정신세계는 자꾸 일그러져 갔다. 가난으로 구겨진 생활은 펼 줄을 몰랐다. 그는 이제 모든 것에 반항심을 갖게 되었다. 가난, 코르시카의 운명, 부패한 프랑스, 자살을 생각하는 자신의 정신 상태에까지 화가 났다. 그래서 그는 툭하면 반항했다.

정치학 시간에 교관이 코르시카는 정복된 섬이라고 말하자, 그는 벼락같이 일어나 소리쳤다.

"코르시카는 정복된 것이 아닙니다. 프랑스는 코르시카의 자유를 짓밟아 버렸습니다. 코르시카는 어디까지나 코르시카입니다. 프랑스의 코르시카라고 생각하지 마세요!"

"나폴레옹! 너는 지금 프랑스의 군인이다. 이 점을 잊지 마라!"

'그래, 그렇지. 난 프랑스 군인이지. 그래도 코르시카를 잊을 수는 없어.' 그는 깨달았다. 코르시카를 위해 일어서야 함을.

드디어 나폴레옹은 베르테르적인 우울과 반항심을 불식시키고 스스로 꿈을 일깨웠다. 코르시카의 독립을 위하여. 코르시카를 식민지의 불명예로부터 구출해야겠다는 일념으로 나폴레옹은 결연히 재기했다.

우울증에 빠져 지도자가 되기는커녕, 자살마저 생각하며 절망하던 소년이, 그로부터 18년 후에는 '나의 사전에 불가능이란 없다'고 외치는 황제가 되었다. 나폴레옹은 역시 대단한 인물이다.

나폴레옹

내가 원하지 않는 일을 남에게 하지 말라

기소불욕(己所不慾)을 물시어인(勿施於人)하라.

논어(論語) 안연편(顏淵篇)

자기가 *하기 싫은 일은*
다른 사람도 *하기 싫을 것*을 생각하라.

당신에게 싫은 일은 나에게도 싫은 거요.
What you dislike for yourself do not like for me.

자신이 대접받고 싶은 대로 남에게 하라.
Do as you would be done by.

마하트마 간디

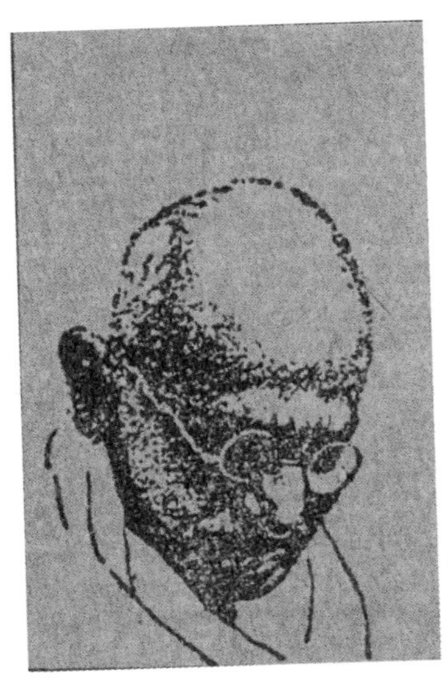

1869년 인도 서해안의 프로판다르에서 출생

1882년 13세 중학교에 입학

1883년 14세 결혼

1887년 17세 사마리다스 대학에 입학, 9월에 영국 유학

1891년 21세 영국에서 변호사가 되어 인도로 돌아옴

1948년 79세 힌두 라르의 한 청년에 의해 살해됨

절도에 자살미수까지 한 비행소년

열한 차례나 투옥을 당해 온갖 고초를 다 겪으면서도 독립운동에 일신을 바쳤던 용감한 독립투사가 간디다. 그도 어릴 땐 인형극을 보고도 밤새 울고, 남이 싫은 소리 한 마디하면 이내 주눅이 드는 소심한 소년이었다.

그런 경향이 훗날 전 세계인의 심금을 울리는 조국애의 자질이 되었다고도 할 수 있겠다. 아무튼 그는 몹시 가냘프고 연약한 감성의 소유자였다.

그는 중학교 2학년 때 결혼했다. 열네 살이었다. 사랑해서 결혼한 것이 아니라, 부모가 시켜서 마지못해 한 결혼이었다. 본인의 뜻과는 무관했다. 신부는 동갑내기인 카스트로바였다. 어린 간디는 신부가, 결혼이 무엇인지도 모르는 채 부모님이 시키니까 한 것이었다.

감수성이 예민한 중학생이 가장이 되었다는 사실은 아무리 긍정적으로 생각하려해도 무리가 따랐다.

간디는 결혼 때문에 학업을 완전히 포기하지는 않았지만 정상적으로 공부할 수는 없었다. 공부뿐 아니라 생활도 예전처럼 할 수 없었다.

남편으로서 의무를 충실히 하는 것도 무리였고, 권위를 세우기도 어려웠다. 그에 대한 반항의식과 창피스러움은 자연히 반 힌두교적인 행위를 일삼게 만들었다.

이단적인 행위들은 술, 여자, 담배, 육식 등이었다.

당시 인도의 구자라트에는 반 힌두교적인 행위를 합리화시키는 이상한 노래가 유행하고 있었다.

보아라, 힘이 센 저 영국인을
그들은 작은 인도사람을 지배한다.
그들은 육식을 하기 때문에
키가 모두 일곱 자가 넘네.

물론 이것은 인도가 부의 성장에 따라 근대화 내지는 영국처럼 되어가는 증거였다. 신앙심이 깊은 몇몇을 제외하고는 새로운 풍조에 물들어 이런 이단 행위를 서슴지 않았다.

힌두교도로서 독실하게 계율을 지키는 체하며 고기, 술, 담배, 매음 등의 이중생활을 하는 사람들은 대부분 이 지방 저명인사들이었다. 물론 학생들에게 계율을 지키라고 가르치는 선생도 끼어있었다.

그러나 간디 일가 중에 그런 행위를 하는 사람은 없었다. 모두 신앙심이 두터웠기 때문이었다. 환경이 이런데도 그가 이단적인 행위를 할 수 있었던 것은 배짱이 있고 대범하고 점진적이어서가 아니라, 생활에 염증을 느꼈기 때문이었다. 그 노래의 영향도 없진 않았지만 그는 육식을 권유받았다.

"너도 고기 먹어."

"하지만 힌두교에서는 고기 못 먹게 되어 있잖아."

"겁쟁이."

간디를 겁쟁이라고 말한 사람은, 간디가 그의 용감함과 대담함을 부러워하는 친구였다. 그는 맨손으로 뱀을 잡고, 어두운 밤길도 혼자 걸으며, 도깨비도 두려워하지 않는 친구였다. 그는 그 힘을 고기 덕분이라고 항상 주장했다.

"야, 인마! 너 같이 소심한 사람만 있기 때문에 인도가 이 모양이야. 인도가 독립하려면 고기 먹고, 영국 놈들처럼 튼튼한 체력을 길러야 한단 말이야."

"그걸 먹으면 정말 용감해져?"

"그럼, 먹는 것 자체만도 용감한 행동인데."

간디는 독실한 힌두교 신자인 어머니와 아내의 얼굴이 떠올랐지만, 한편으론 자신을 얽어매는 보이지 않는 힘에 대한 저항감도 느꼈다. 그래서 그는 고기를 먹겠단 약속을 하고 친구를 따라 호젓한 강가로 갔다.

친구가 몰래 싸 온 산양고기를 구워 먹었다. 육식이 상습이 된 친구는 아주 맛있게 먹는데, 간디는 비위에 맞지 않아 몇 점 집어먹다 그만 두었다.

그날 밤, 간디는 밤새 악몽에 시달렸다. 뱃속에서 산양이 음매음매 하고 울며 꿈틀거리는 꿈이었다. 잠이 깨자 간디는 정나미가 떨어져 다시는 고기를 먹지 않으리라 울며 다짐했다.

그런데 사람의 마음이란 참으로 묘해서, 며칠이 지나자 슬며시 고기 생각이 나는 것이었다. 간디는 육식의 유혹으로부터 벗어나려 안간힘을 썼으나, 그럴수록 더 하고 싶어졌다. 육식과 반 육식이 마음속에서 서로 싸우다 결국은 육식이 승리했다. 마음의 갈피를 못 잡던 간디는 결국 그 친구와 육식하는 데 동의하고 다시 어울렸다.

이번엔 그 지방에서 제일 높은 빌딩에 자리 잡은 호화식당에서 그것을 먹었다. 이제 산양 꿈은 꾸지 않았다. 그러나 그에 대한 죄의식은 여전했다 그러나 간디는 고기에 맛을 들여 그 친구와 자주 어울렸다. 이제는 고기뿐 아니라 술까지 마셨다.

남들 다 피우는데 나라고 못 피우겠냐는 심정으로 한두 대 피운 담배가 어느새 골초가 되었다. 나중엔 창녀 굴까지 드나들었다.

심부름하고 남은 거스름돈으로 담배를 사 피웠다. 그마저 안 될 때는 풀잎을 말아 피우기도 했다. 이제는 형의 금팔찌를 훔쳐내 조금씩 깎아 팔아 담배와 술, 고기, 여자를 샀다.

그러면 그럴수록 양심의 소리에 괴로웠다. 가여운 아내, 공부, 이교도적 행위, 쓰러져가는 조국……. 아버지에게 이런 사실을 들키면 맞아죽을 것이다.

이젠 세상 살맛조차 나지 않았다. 그래서 친구와 자살을 논의했다. 그 친구 역시 아내가 있는 처지였으나 아내고 공부고 다 싫다는 거였다. 신나는 일도 없고 세상 살기도 싫다고 했다.

그래서 고통 없이 죽는데 즉효라는 풀씨를 구해, 둘이 함께 죽자고 뒷산 숲으로 들어갔다.

그러나 차마 죽을 용기가 나지 않았다. 그래서 그는 다시 산을 내려와 식구들에게 고백했다. 눈물을 줄줄 흘리면서. 가족들은 너무 어이가 없어 아무 말도 하지 않았다.

어머니께 다시는 고기를 안 먹는다, 술도 안 마신다, 도적질 안 한다, 여자도 멀리한다는 맹세를 했다. 그리고 얼마 후 영국으로 유학을 떠났다.

그가 생의 전환점을 찾은 것은 영국으로 건너간 후였다. 물론 처음엔 영국신사가 되려고 댄스 배우기에 열을 올렸고, 멜로디를 익히기 위해 바이올린까지 사는 소동을 벌였다. 물론 고기와 술도 스스럼없이 해치웠다.

그러다 그는 자신의 그런 행위가 얼마나 어리석은지 깨닫고, 올바른 힌두교 신자이자 인도인으로 돌아갔다. 다시 채식을 시작했고, 이때부터 죽을 때까지 금주, 금연, 금욕의 길을 걸어 오직 조국 독립에만 투신했다.

좁은 길에서는
한 걸음 양보하고,

재미가 진진한 것은
삼분을 갈라 남에게 양보하라.

채근담

좁은 길에서 서로 버티고 양보하지 않으면 가다가 부딪히기 쉽고, 부딪히면 시비가 벌어진다. 내가 고작 한 걸음만 물러서면 시비할 염려도 없고, 무사할 것이다.

재미가 진진한 것이라 함은 맛있는 음식이나, 마음에 흡족한 것도 혼자 독차지할 생각 말고, 10분의 3쯤은 남에게 나눠주어 그 맛을 볼 기회를 주라는 것이다. 이렇게 하면 남한테도 선심을 쓰는 것이 되고, 마음도 편하다.

윈스턴 처칠

1874년 영국 프레닝 궁에서 출생
1899년 25세 모닝포스트 종군기자로 남아 전쟁에 참여, 포로가 되었다가 기적적으로 탈출
1900년 26세 보수당 하원의원에 당선
1904년 30세 자유당으로 전환
1940년 66세 수상이 되다
1953년 79세 노벨 문학상을 받다
1965년 91세 하원에서 은퇴하고 사망

열등생 개구쟁이

러셀이 정신으로 살다간 사람이라면 처칠은 온몸으로 살았던 사람이다. 처칠은 정치가로, 군인으로, 웅변가로, 신문기자로, 역사가로, 작가로, 거기다 화가로, 만능 탤런트 기질을 아낌없이 발휘했다.

양주를 벌컥벌컥 마셔도 취하지 않는 술꾼, 맛있는 거라면 만사 젖히고 달려드는 미식가, 여섯 번째 손가락인 양 담배가 손에서 떠나지 않을 만큼 피우는 골초, 독설가, 유머의 명수…….

처칠을 완전하게 파악할 수 있는 사람은 아마 그 자신뿐일거라고 어느 기자가 말했던 인물.

그는 세상에 태어나는 순간부터 몹시 요란스러웠다. 옥스퍼드의 명문 처칠가의 프레닝 궁에서 태어났다. 처칠은 태어나

자마자 울어대는 첫 울음소리가 어찌나 크고 요란했던지 출산을 돕던 산파가, '나 원, 세상에 이렇게 크게 울어대는 갓난애는 처음보네.' 하고 혀를 내둘렀다고 한다.

그는 자라면서도 가는 곳마다 사고와 말썽을 몰고 다녔다. 너무 거칠어 마치 야생마 같았다. 거기다 당돌하고, 고집 세고, 건강하고, 투지가 강했다. 비난받을 일도 맘만 먹으면 기어이 하고야말았다. 전쟁이 하고 싶어 몸살 난 전방 장교처럼, 괜히 시비를 걸어 싸우거나 골탕 먹이기를 좋아하는 천하의 개구쟁이였다.

공부는 지질이도 못해 꼴찌 아니면 낙제였다. 반항심은 누구보다 강해 벌을 받을 때도 단단히 앙심을 품었다.

당시 영국의 교육방침은 완전히 스파르타식이었다. 공부를 못해도, 체육을 못해도, 옷차림이 불량해도, 교칙을 위반해도 다 매로 다스렸다.

그는 '학교'를 표현하기를, '가루가 되도록 두들겨 팬 뒤, 다시 짜 맞춰 완전히 다른 인간으로 개조하는 곤봉 지옥'이라고 했다.

아무튼 그는 공부를 지독히 싫어했다. 그 중에서도 라틴어는 라틴어 선생과의 불행한 만남 때문에 아예 할 생각조차 하지 않았다. 만년에 그는 라틴어를 한 줄도 못 쓰는 자신에 대해 '교사들은 온갖 강제수단을 다해 육박해 왔으나 난 모조리 물리쳤다. 난 흥미나 사고력, 상상력이 수반되지 않는 경우 조금도 공부할 마음이 내키지 않았고, 또 할 수 없었다. 재학하는 12년 동안 라틴어 문장 하나라도 가르칠 수 있는 선생은 하나도 없었다.'라고 말했다.

공부를 하지 않는 처칠을 매로 다스리는 라틴어 선생에 대한 반항은 상상을 초월했다. 수업 중에 한 라틴어 선생이 처칠에게 매질을 했다. 선생은 수업이 끝나고 교탁 위에 벗어두었던 모자를 그냥 두고 교실을 나갔다. 그러자 처칠은 재빨리 모자를 교실바닥에 팽개치고 마구 짓밟아 버렸다. 동시에 처칠은 학교에 대한 증오와 불안을 키워갔다.

당시 처칠이 다니던 학교는 세인트제임스라는 상류층 자제들만 공부하는 명문이었다. 한 반은 10명이었고, 소수정예의 교육방침에 따라 최고의 시설을 갖추고 있었다.

그런데 그토록 훌륭한 학교가 처칠에게는 지옥 같았다. 공부도 하지 않고, 운동도 하지 않고, 오로지 벌 받는 일이 하루의 일과였다. 빨리 방학이 되기만 기다리는 나날이었다.

그가 이 학교에서 즐거움을 느끼는 단 한 가지는 물장난이었다. 틈만 나면 풀장에서 살다시피 했다. 그것은 그가 수영을 좋아하기도 했지만, 더 큰 이유는 친구들을 골탕 먹이는 재미 때문이었다. 수영을 하다 가끔 언덕으로 올라와 몸을 말리며 쉬곤 했다. 그럴 때마다 처칠은 친구들을 언덕 아래 물속으로 떠밀었다. 갑자기 물에 빠지면 아무리 수영을 잘해도 당황하고 허우적거리기 마련이다. 처칠은 물에 빠져 허우적거리는 친구들을 보며 박장대소하거나 빵조각을 씹으며 유유히 사라지곤 했다.

한번은 처칠이 풀장에서 물놀이를 하다 몸을 말리려고 언덕으로 올라갔다. 그때 몸집이 작은 꼬마가 어깨에 수건을 두르고 언덕을 어슬렁거리는 것이 보였다. 전혀 긴장하지 않은 상태였다. 처칠은 꼬마를 골려주려 살금살금 등 뒤로 다가갔다. 그리곤 순식간에 물속으로 꼬나 박았다. 꼬마는 물속으로 풍덩 빠졌고 처칠은 낄낄거리며 손뼉을 쳤다. 그러다 그는 당황하여 손뼉을 멈췄다. 웬일인지 꼬마는 다른 친구들처럼 허우적거리지 않았다. 물속으로 쑤욱 들어갔다가 가볍게 솟아올랐다. 그리고는 무서운 속도로 물살을 가르며 그가 서 있는 언덕으로 헤엄쳐 왔다.

"아이구야, 윈스턴! 넌 이제 꼼짝없이 죽었다. 잘못 건드렸어. 저 사람이 누군 줄 아니? 잘 걸렸지. 저 사람은 졸업반이고, 기숙사 책임자고, 체조 명수고, 수영 선수고, 축구부 주장이고, 규율부장이야."

처칠은 기겁을 하여 냅다 도망쳤다. 그러나 그는 날랜 운동선수였다. 처칠은 곧 붙잡혔다. 친구들 말대로 몸집이 작은 선배는 자신을 모독한 죄로 처칠을 풀장의 제일 깊은 데다 던져버렸다. 가까스로 헤엄쳐 나오는 처칠을 보며 친구들은 박장대소했다. 처칠은 친구들의 조롱을 받으며 물속에서 기어 나와, 선배에게 다가가 말했다.

"죄송합니다, 선배님. 몸집이 너무 작아 같은 학년인줄 알았어요."

그러나 선배는 그를 용서하려는 기색을 조금도 보이지 않았고, 오히려 아까보다 더 씩씩거렸다. 이런 사실이 학교 당국에 알려지면 곤란했다. 처칠은 머리를 짜내 기지를 발휘했다.

"저의 아버님도 훌륭한 분이지만, 형처럼 키가 작아요."

"건방진 자식! 앞으로 조심해, 인마!"

선배는 피식 웃고는 처칠의 어깨를 툭 쳐주고 사라졌다. 훗날 이들 둘은 내각에서 함께 정치를 했다고 한다.

어릴 적 즐기던 물장난을 나이가 들어서도 여전히 즐겼다. 여가만 생기면 목욕탕에서 살았다. 1911년 1월, 런던 빈민촌에서 몇 명의 경찰관이 살해된 일이 있었다. 그 때 그는 내무부 장관이었다. 그는 목욕탕에서 그 소식을 듣고 알몸에 수건을 두른 채, 위에 가죽 코트만 걸치고 현장으로 달려갔다.

그의 모습을 본 관리들은 눈살을 찌푸리며 충고했다.

"흉측하지 않나? 이런 모습으로 사건을 지휘하다니!"

"뭐 어때?"

다시 부하들이 난색을 표하자 그는 '잔소리 말아. 재밌잖아.'라고 말했단다. 그는 그 사건 수사를 빨리 끝내고 다시 목욕탕으로 갈 참이었다.

그는 수상이 되어서도 마찬가지였다. 어느 날 미국의 루즈벨트 대통령이 그를 방문했는데, 그는 그때도 샤워 중이었다. 비서가 매우 급한 일이라고 전하자 처칠은 발가벗은 채 뛰어나왔다. 루즈벨트 대통령은 놀라 자빠질 뻔했다. '대통령께는 아무 것도 감출 것이 없잖습니까?'라는 것이 처칠의 말이었다.

처칠은 개구쟁이 학창시절을 보낸 탓에 성인이 된 후 지식의 결핍으로 괴로워했다. 제 아무리 잘 났어도 공부는 하지 않으면 안 된다.

그래서 그는 살아가면서 공부했다. 나이를 먹어 가면서, 정치를 하면서, 책을 보고, 글을 쓰고, 사고(思考)했다. 독특하고 기발한 행동과 유머 뒤엔 남모르는 피와, 땀과, 눈물과, 노고가 있었다. 60년을 국회의원으로, 영국 최대의 국난을 극복한 구국의 영도자로, <마리칸트 야전 군기> <영국 국민의 역사> <제2차 세계 대전>을 집필한 역사가였다. 또 그는 노벨 문학상을 받은 문필가였다. 화가가 무색할 만큼 그림도 잘 그리고, 휴일엔 손수 옷을 깁는, 너무나도 소탈하고 인간적인 사람이었다.

담은 크고 마음은 작아야 한다.

사람은 **대담**하면서,

동시에 **소심**하지 않으면 안 된다.

*소심*이란 겁을 내라는 것이 아니고,

*세세한 일을 잘 살피라*는 말이다.

지혜는 둥글어야 하고,

행실은 반듯하여야 하며,

담은 커야 하며,

마음은 작아야한다

당서(唐書) 방기전(方技傳)

존 F 케네디

1917년 미국 보스턴에서 출생
1935년 18세 하버드 대학에 입학
1946년 29세 하원의원에 당선
1952년 35세 상원의원에 당선
1953년 36세 재클린과 결혼
1960년 43세 대통령에 당선
1963년 46세 댈러스에서 저격을 받고 사망

식탐 많은 설득의 대가

높은 이상의 실현을 위해서는 목숨도 기꺼이 바치겠다던 용감한 정치인 존 F 케네디의 연설은 네 살 때부터 시작되었다.

그의 외할아버지인 피츠제럴드가 의원에 입후보하고 선거 연설을 하던 때였다. 피츠제럴드는 지지자들이 모인 선거 유세장에 외손자를 앞세우고 갔다. 시장을 비롯한 각계인사들이 자리하고 있었다. 외할아버지는 너털웃음을 웃으며 존을 테이블 위에 올려놓았다. 그리고 말했다.

"여러분! 이 아이는 제 외손자올시다. 세상에서 가장 훌륭한 외손자지요."

그러자 초롱초롱한 눈망울을 굴리던 꼬마는 많은 사람들에게 주먹 쥔 오른 팔을 들고는 짜랑짜랑하게 외쳤다.

"여러분! 이 분은 저의 외할아버지입니다. 세상에서 가장 훌륭한 외할아버지입니다. 저의 외할아버지께 여러분의 소중한 한 표를 아끼지 마세요."

폭소와 박수소리가 들렸다. 물론 이 에피소드는 이내 세계 제일의 연설이 되었다.

타고난 설득력은 용돈 인상을 위해서도 아낌없이 발휘됐다. 얄팍하고 잔꾀가 담긴 임기응변이 아니라, 깊은 지혜와 애정이 담긴 감동을 부르는 설득이었다.

사랑하는 엄마. 그동안 안녕하셨는지요? 엄마의 귀여운 아들 존은 캔터베리 학교에 온 후 얼마동안은 울보처럼 지냈어요. 엄마가 너무 그리웠기 때문이지요.

낮에는 학과공부와 운동으로, 또 친구들과 보내는 즐거운 시간들로 쓸쓸한 마음이 덜하지만 밤이 되면 고향이 그리워 못 견디겠습니다. 아직도 어린아이 같지요? 하지만 이젠 기숙사 생활도 익숙해졌습니다.

친구들과도 아주 잘 어울리고, 언제나 '넘버 원'이 되라던 아버지의 말씀을 마음에 새기고, 소망에 보답하리라 마음먹고 있답니다. 누구의 아들보다 훌륭한 생도가 되려고요.

그런데 어머니! 저는 이제 어엿한 소년단원이 되었음에도 아직 어린애 장난감밖에 없군요. 저는 이미 그런 것들과는 이별을 했어요. 저는 이제 소년으로 물통, 배낭, 담요, 랜턴, 비옷, 골프공 따위가 필요해요. 따라서 저의 용돈 인상을 진정하는 바입니다.

초콜릿, 아이스크림 같은 것들이야 금방 없어지는 것들이지만 제가 말씀드린 것들은 몇 해를 두고 쓸 수 있는 것들이니 얼마나 실용적이고 가치 있습니까?

엄마, 그럼 부디 몸 건강하세요. 어젯밤에도 엄마 꿈을 두 번이나 꿨어요. 너무 기뻐 잠이 깼다가 한참동안 다시 잠을 잘 수 없었어요. 예배는 아침저녁으로 드리고 있어요. 방학이 되어 집에 돌아가면 신앙심이 한결 두터워져 있을 겁니다.

고향에서 편지를 받은 존의 부모는 두 손 들 수밖에 없었다. 아무리 깍쟁이라도 아들이 이렇게 간곡하게 청구하는 데야…….

이런 자질은 훗날 그가 대성하는 데 큰 밑거름이 되었다. 그는 정치가로서 천재적인 자질을 가졌다. 살아본 적도 없는 매사추세츠 주의 하원의원에 입후보했을 당시, 그의 나이는 스물여덟이었다. 사람들은 허름한 작업복을 입고 새파랗게 젊은 놈이 '내가 하원의원에 입후보한 존 케네디'라고 외치는 그를 수상쩍게 보았다. 사람들은 '젊은 애송이가 뭐라고 지껄이는데 미쳤나봐!'라며 머리가 어떻게 된 것 아니냐고 했다. 그런 시선에도 아랑곳하지 않고, 구석구석 걸어서 일일이 찾아다니며 자신의 신념을 이해시키고 설득하는데 성공했다.

그가 의원이 되어 출근하려고 엘리베이터를 타려고 할 때의 일이었다. 기골이 장대한 한 의원이 뛰어오더니 케네디를 내려다보며, '4층에 세워라.'하고 부탁했다. 그러자 케네디는

'예스, 써.'하고 공손히 내려 주었다.

한번은 전화를 쓸 일이 생겨 의사당 안의 수화기를 들었다. 그러자 경위가 사색이 되어 '이봐, 어디서 그 전화를 함부로 써!'하고 야단을 쳤다. 그 전화는 의원 전용이었다. 카키색 반바지에 헐렁한 T셔츠를 입은 개구쟁이 같은 그가 쓰려고 하니 야단이 났던 것이다.

존은 스포츠를 몹시 즐겼는데, 고등학교 때는 수영선수로 대회 출전도 할 만큼 소질이 있었다. 어느 날 그는 근처 고등학교 축구연습 구경을 갔다. 한몫 끼고 싶어, 학생 유니폼을 빌려 입고 학생들 틈에 끼어 신나게 뛰었다. 잠시 후 코치가 옆에 선 학생에게 물었다.

"누구야? 저 학생은."

"아, 저 의원이요?"

"의원? 거 참 재밌는 별명이네. 제법인데! 하지만 연습을 더 해야겠어. 도대체 몇 학년이지?"

또 재미있는 일화가 있다.

그는 어려서부터 먹을 것을 몹시 탐했다. 식사기도가 끝나기도 전에 자기 몫을 다 먹어치웠다. 토스트, 수프, 비프스테이크, 감자튀김, 샐러드, 새우튀김에 우유와 커피까지 다 먹고도 배에서는 항상 꼬르륵 소리가 났다. 그래서 그는 주방으로 들어가 어머니 몰래 훔쳐 먹었다. 그래서 어머니는 늘 주방의 파이접시와 빵 덩어리를 감시해야 했다. 번개같이 파이접시를 안고 달아나버리기 때문에.

또 가족들은 식사 중에 자기 몫을 잘 지켜야했다. 잠깐 한 눈이라도 팔면 존이 슬쩍 집어가 버리니 말이다. 특히 형인 조의 파이를 자주 실례했다. 형은 벼르다 어느 날, 파이를 훔쳐 달아나는 존을 뒤쫓아 가 잡았는데, 웃음을 터뜨리고 말았다. 형을 올려다보는 존의 얼굴은 온통 크림과 초콜릿 범벅이었다. 눈엔 장난기를 가득 담고, 입술을 핥으며, 용서를 비는 동생을 보고, 웃지 않을 형이 어디 있겠는가! 그는 도망치면서 파이를 먹었던 것이다.

한번은 수영 예선 경기를 앞두고 연습을 너무 많이 한 나머지 감기에 걸려 입원했다. 병원 침대에 누운 그가 가장 괴로웠던 것은 규정된 양만 주는 식사였다. 남달리 먹을 것을 탐하는 그는 허기가 진 나머지 간호사를 설득했다.

"난 내일모레 수영경기에 출전할 선수다. 적은 식사량 때문에 체력이 떨어져선 안 된다. 왜냐하면 난 학교 대표 선수이기 때문이다. 단지 양이 적은 식사 때문에 내가 패하고, 그로인해 우리학교가 패배한다면 담당 간호사인 당신에게도 책임이 있지 않느냐, 그러니 남은 스테이크라도 좀 달라."

존의 꿍꿍이를 알 리 없는 착한 간호사는 이내 감화를 받았고, 체력증진에는 최고라며 비프스테이크는 물론 초콜릿과 맥아 유까지 갖다 주었다. 그러면서 다른 환자들이 안보도록 눈치껏 먹으라는 말까지 했다. 존은 모포를 뒤집어쓰고 그걸 우적거리며 먹었다.

한 정당의 승리를 축하하는 것이 아니라, 변화와 쇄신을 의

미하는 새로운 자유를 축복하려면, '나라가 여러분에게 무엇을 해 줄 것인가를 묻지 말고, 여러분이 나라를 위하여 무엇을 할 것인가'를 물어달라고 했다. 평화공존 열창자인 그의 호소를 세상 사람들은 외면할 수 없었다.

대통령 특유의 권위와 위엄은 버리고, 이상과 자유라는 높은 긍지를 품었던 그였다. 형의 파이를 슬쩍하듯 장난기어린 표정 뒤에 숨겼던 그의 의지를 세계만방은 주저 없이 받아들였다.

모르는 건 모른다고 하라

不知爲不知부지위부지　是知也 시지야니라

논어(論語) 위정편(爲政篇)

이것을 알거든 *안다*고 하며,
모르는 것을 *모른다*고 하여라.
이것이 지(知)로다.

모르는 것을 *아는 척*하는 것은 우(愚)에 속하고,
모르는 것을 *모른다*고 하는 것은 지(知)라는 뜻.

갈릴레이 갈릴레오

1564년 이탈리아 피사에서 출생
1583년 17세 진자의 등시성을 발견
1589년 23세 피사대학에 수학강사로 초빙됨
1609년 33세 망원경을 발견, 천체를 관측
1632년 56세 <천문대화>를 출판하여 종교재판에 회부
1642년 66세 사망

아버지의 뜻 거스르고 유서를 쓴 불효자식

'날보고 시체를 해부하는 의사가 되라고? 어휴, 끔찍해. 의학 같은 건 죽었으면 죽었지 못하겠어.' 갈릴레오는 푸른 물이 넘실거리는 강기슭을 오르내리며 중얼거렸다. 아무리 생각해도 자신은 의학과는 거리가 먼 존재였다. 의사만 고집하는 아버지의 부릅뜬 눈이 떠올랐다.

"이놈아! 의사만 되면 다른 어떤 장사보다 돈을 쉽게 벌 수 있잖아! 일생을 편안하게 살 수 있단 말이다."

옷감장사를 하는 아버지는 날마다 악다구니를 쓰며 옷감을 파는 것 보다는, 넓고 조용한 병원에 앉아서 찾아오는 환자를 돌보는 의사가 되기를 바랐다. 의사를 신선놀음이나 하며 돈을 버는 최상의 직업이라 생각하는 모양이었다.

아버지의 뜻에 따라 피사에 있는 의과대학에 억지로 입학했다. 갈릴레오는 의학 강의를 듣는 것도 내키지 않았지만, 실습을 나갔다 해부하는 광경을 보고 정나미가 떨어졌다. 아직까지 시체냄새가 사방에서 나는 것 같아 구토가 올라왔다.

이런 아들 때문에 어머니와 아버지는 매일같이 다퉜다. 그로인한 부모님의 불화는 갈릴레오뿐 아니라 동생들까지 우울하게 만들었다. 아버지는 끝까지 의사를 고집했고, 어머니는 성직자가 되기를 바랐다.

처음에 갈릴레오는 어머니의 뜻에 따라 성직자가 될까도 하였다. 그러나 아버지의 고집 앞에 그 뜻은 좌절당했다. 마지못해 의과대학에 적을 둔 갈릴레오는 고민 끝에 자살을 할 작정이었다. 예민하고 섬세한 소년 갈릴레오는 의학도 청춘도 다 싫었다. 오로지 죽고만 싶었다. 그래서 피사를 가로질러 흐르는 아르노우 강가에 서서, 주머니 속의 유서를 만지작거리며 '죽어야지'하고 다시 한 번 중얼거렸다.

갈릴레오는 금방이라도 눈부시게 빛나는 아르노우 강물 속으로 뛰어들 것처럼 강으로 다가갔다. 그러나 그는 잠시 후 강물에다 유서를 찢어 던지며 피식 웃었다.

"죽는 것도 좋지만, 이왕 죽을 바엔 하고 싶은 것이나 실컷 해보고 죽지 뭐. 재미있고 신기한 것이 얼마나 많은데. 누가 뭐래도 그건 분명 재미있는 거야. 의학에다 견줄 바가 아냐. 참 매력 있는 것이지."

갈릴레오는 온통 수학의 신비에 몰두해 있었다. 수열의 신비, 점과 선이 만들어내는 진리. 그것은 인체의 비밀을 밝히는 끔찍한 해부학보다는 완전한 학문, 정확한 답이 수치로

표현되는 것이었다. 수학만이 그의 길을 밝게 열어줄 것 같았다. 그래서 수학을 교량으로 새로운 과학의 길을 건설하고 싶었다.

그러나 그것은 쉬운 일이 아니었다. 그를 위해 노고를 아끼지 않는 아버지를 배반해야 했다. 아버지는 불효막심한 놈이라며 노발대발하실 거고, 그런 괴로움 때문에 죽을 결심을 했던 것이다.

그런데 유서를 보면서, 죽는 것 또한 아버지에 대한 크나큰 배반이라는 생각이 들었다. 아버지의 뜻을 거스르는 것도, 죽는 것도 불효이기는 마찬가지다. 그래서 이왕이면 하고 싶은 공부나 실컷 하며 불효하자는 데 생각이 미치자 유서를 찢어 던졌던 것이다.

드디어 자신이 원하던 학문 연구를 시작했으나, 아버지에겐 버림받고, 어머니에게도 외면당한 채 비웃음을 샀다. 그는 버려진 강아지처럼 비참했으나, 날이 갈수록 그의 꿈을 향한 열정은 불길처럼 더 세차게 타올랐다.

그런 반면 절망 또한 그의 뒷덜미를 잡았다. 그것은 신(神) 다음으로 위대하다고 믿어왔던 아리스토텔레스의 학설을 반박해야 하는 것이었다.

당시 학계에서 아리스토텔레스는 거의 신이나 다름없었다. 물질, 무게, 움직임, 물과 소리와 빛 등에 관한 수많은 수수께끼를 풀어낸 희랍의 대철학자이자 과학의 아버지인 아리스토텔레스를 반박해야 하는 것이었다. 자신이 연구한 과제를 증명하자면 그의 학설에 맞서야 했다.

물체가 낙하할 때의 속도는 그 물체의 무게에 비례한다고 말한 아리스토텔레스의 학설을, 열예닐곱의 이름도 없는 젊은 놈이 어찌 감히 반박할 수 있겠는가! 제아무리 천재적인 발견과 발명을 했대도 있을 수 없는 일이었다.

갈릴레오는 같은 크기의 납과 나무쪽을 갖다 수 백 번 낙하실험을 했으나 속도는 같았다. 이를 발견하고 깜짝 놀란 갈릴레오는 잠도 못 이루고 지새우다 날이 밝자, 조약돌 하나와 같은 크기의 다른 물건 하나를 가지고 학교로 찾아갔다. 그리고 자신의 연구와 실험에 대해 교수에게 설명했다. 그러나 교수는 다음과 같이 꾸중만 했다고 한다.

"그 책상 위에서 돌을 떨어뜨리면 대리석 바닥이 깨진단 말이야."

하라는 의학 공부는 하지 않고, 헛짓거리만 하고 다니니 자연히 교수들에게 미움만 사고 평판만 나빠졌다. 그래도 그는 의학은 태만히 하고 피사 거리를 쏘다녔다. 그러던 어느 날 갈릴레오는 우연히 피사의 대성당으로 들어갔다. 많은 인부들이 성당 천정에 커다란 램프를 가설하는 중이었다.

진자의 원리를 발견한 것은 그때였다. 램프는 조용하고 부드럽게 천정에 매달려 흔들리고 있었다. 흔들리는 그 램프를 본 순간 갈릴레오의 뇌는 무엇엔가 세게 얻어맞은 느낌이었다.

'어째서 저렇게 큰 램프가 천정에 매달려서 움직이는 걸까?' 갈릴레오는 고개를 들고 계속 램프를 주시했다. 드디어 램프는 진동을 멈추고 일정한 위치에 살며시 정지했다. 램프가 정지했을 때 램프에서 바닥까지의 거리가 가장 짧다. 이것을 본 갈릴레오는 '저 램프는 아래로 떨어지려고 한 게 틀림없어. 저 쇠줄이 그것을 막고 있는 게 틀림없어. 쇠줄을 끊어버리면 램프는 바닥에 떨어져 박살이 나겠지.'

다음날, 갈릴레오의 집 마당에는 두 개의 추가 매달렸다. 똑같은 크기의 돌과 나무로 깎은 공이 같은 재질, 같은 길이의 끈에 매달려 있었다. '돌이나 나무공이나 다 같이 밑으로 떨어지려고 하지만 끈으로 묶여있으니 떨어질 수 없단 말이야. 그런데 돌이나 나무 공을 똑같이 놓아주면…….'

그러자 두 개의 물체는 한 치의 오차도 없이 일정한 간격으로 좌우로 흔들렸다. 만약 물체가 낙하할 때의 속도가 그 물체의 무게에 의해 좌우된다면 돌은 나무공보다 훨씬 빨리 움직여야 옳다. 그러나 두 물체는 같은 간격으로 움직인다.

갈릴레오는 미친 듯이 학교로 달려갔다. 그리고 존경하는 덧치 교수의 연구실 문을 열었다. 그는 마치 미친 사람 같았다. 옷은 헤져 걸레 같았고, 며칠이나 세수를 안했는지 때국물이 줄줄 흐르는 영락없는 거지꼴이었다. 그 모양으로 갈릴레오는 덧치 교수에게 한바탕 설명을 늘어놓았다. 그것이 그 유명한 진자의 발견이었다.

그 후로도 갈릴레오는 여러 과학 발명품을 내놓았다. 망원경을 만들어 스스로 천체를 관측, 지구는 태양의 주위를 돌고 있다는 지동설을 세상에 알렸다.

교회는 그를 신성 모독죄로 재판에 회부시켰다. 그들의 주장은 신이 창조한 지구가 태양의 주위를 돈다는 것은 있을 수 없는 일이라는 것이었다. 수없이 많은 가혹한 고문을 받으면서도 그는 '지구가 태양 주위를 돈다.'는 주장을 굽히지 않았다.

송양(宋襄)의 인(仁)

어진 마음을 지나치게 쓰다가 불행을 자초할 때 씀.

중국 춘추(春秋) 시대에, 송(宋;지금의 하남성河南省)의 양공(襄公)은 패업(霸業)의 야망을 품고 있었다. 어느 날 초(楚)나라와 홍수(泓水)라는 강을 사이에 두고 대진하였다. 이때 목이(目夷)라는 가신이 나서서, '초군은 아군보다 훨씬 우세하므로, 정공법(正攻法)으로 싸우면 아군이 패할 것이 분명하니, 초나라 병사가 강을 반쯤 건너면 그 틈에 적을 기습하면 대승하리라'하였다.

마음이 착한 양공은 고개를 가로로 흔들며, '군자는 남의 곤경을 찌르는 법이 아니며, 아군은 정정당당히 승부를 가려야 한다.'고 하였다.

송의 군사는 초나라 군사가 강을 다 건너 대열을 정비할 때까지 기다렸다. 싸움이 시작되니 송의 군사는 초의 대군을 당하지 못하고 참패를 당했다. 양공도 화살에 맞아 부상을 입고, 겨우 본국으로 돌아왔다.

그는 목이의 말을 듣지 않은 것을 후회했고, 결국 그 부상으로 죽었다.

그러자 사람들은, 자멸을 초래한 그의 지나친 인(仁)을 비웃어 송양(宋襄)의 인(仁)이라 했다. 좌전(左傳)

앨프레드 노벨

1833년 스웨덴 스톡홀름에서 출생

1850년 17세 니트로글리세린을 완전 폭탄으로 제조, 특허를 취득

1866년 33세 다이너마이트 발명

1879년 46세 탄광 폭파에 최초로 다이너마이트 사용

1896년 63세 이탈리아 산레모에서 노벨상 제정을 유언

아버지 말만 듣는 파파보이

인류의 평화와 행복을 위하여 위대한 업적을 남긴 사람에게 주어지는 세계 최고 영예의 상이 노벨상이다. 그 상의 창시자 앨프레드 노벨이 발명한 다이너마이트는 공교롭게도 인류 최대의 불행이라는 전쟁의 폐해를 한층 크게 해주었고, 사물의 파괴에만 도움을 주었다.

다이너마이트가 발명되어 군사적으로 남용되자, 노벨은 격심한 사회의 비난을 받아야했다. 공포 중의 공포이며, 범죄행위 중에서도 가장 용서할 수 없는, 세계평화를 파괴하려는 행위였다는 비난을 면치 못했다. 물론 애초의 의도는 도로건설이나 터널, 또는 운하공사 등에 이용하는 것이었다. 그러나 당시 다이너마이트의 의미는 '파괴'였다.

그래서 그는 그의 발명품이 인류 최대의 불행을 초래한 데

대한 속죄의 수단으로, 인류를 위해 공헌하는 사람들에게 줄 상금으로 막대한 재산을 내놓았다.

이 평화주의자의 사춘기는 상당히 비참했다. 발명 광이었던 아버지는 생활은 내팽개쳐 두고, 발명에만 주력한 탓에 집은 빚더미에 올라앉았다. 그리곤 러시아로 혼자 이주해버렸다. 어머니는 스톡홀름의 식료품 가게에서 일하며 자식들 뒷바라지를 했고, 아이들도 어머니를 도와 돈벌이를 해야 했다. 그 돈벌이란 길거리에서 성냥을 파는 일이었다. 노벨은 군말없이 그 일을 했고, 그런 상황에서도 성 야곱 실업학교에 진학했다. 성적은 우수했고 학습태도도 양호했다.

러시아로 떠난 아버지의 부름을 받고 가족들은 러시아 페테르부르크로 갔다. 아버지는 고생 끝에 작은 공장을 경영하고 있었다.

그러나 아버지는 밥보다도 더 좋아하는 발명을 그만두지 않았다. 화약과 나무바퀴제조기와 난방장치를 발명했다. 그는 스스로를 발명벌레라 일컬으며, 세 아들에게도 위대한 발명가의 피가 흐르고 있으니 틀림없이 인류를 위해 획기적인 발명을 해주리라 믿었다. 그러나 당시 세 아들 중 앨프레드만 빼고는 아버지의 연구를 별로 달가워하지 않았다.

어쨌거나 아버지는 자식들에게 과학의 기초를 열심히 가르쳤다. 다른 두 아들은 별다른 반응을 보이지 않았지만 셋째인 노벨은 비상한 관심과 흥미를 가진 것 같았다. 어느 날 아버지는 노벨에게 이런 질문을 하였다.

“열 공기는 수증기를 대체할 수 있다. 아니 더 유용할 것이다. 앞으로 열 공기의 시대가 반드시 올 것이다. 넌 어떻게 생각하느냐?"

"훌륭한 생각이에요. 생각은 훌륭하지만 그것을 실제로 응용하려면 무지 많은 연구가 필요할 거예요."

"그래, 바로 그거야. 그 연구를 네가 하는 거야. 할 수 있지?"

"열 공기의 연구라는 게 그리 쉬울까요?"

"너라면 할 수 있을 거다."

우리들이 흔히 알고 있는 위인들은 어린 시절 대개는 부모와 불화하거나 대립한다. 그러나 노벨은 아버지에게 끊임없이 발명의 종용을 받으면서도 거역하지 않고 뜻을 따랐다. 대단한 발명을 하고 싶어 몸이 단 아버지가 가여워 노벨은 화약연구에 들어갔다.

"열 공기든 화약이든, 저도 아버지처럼 발명을 해보겠습니다. 저를 믿어주세요."

당시의 화약은 성능이 그다지 좋지 않은 흑색화약뿐이었다. 전쟁이 시시각각으로 번져가던 그 당시에, 흑색화약으로는 군함을 폭파시킬 수 없었다. 그래서 정부에서는 강력한 화약 발명을 요청했다.

그때 니트로글리세린이라는 폭발력이 대단한 약품이 우연히 발명되었다. 니트로글리세린은 이탈리아의 한 화학교수가 처음 발명한 것으로, 유산과 초산 혼합물 속에 글리세린 한 방울을 떨어뜨린 후 침전물을 만들고, 그 침전물에 불을 댕기자 굉장한 폭발음과 함께 폭발했다는 것이다.

그러나 그것은 불완전했다. 예측하지 못한 장소에서 터져버리기 일쑤여서 위험하기 그지없었다. 어떤 때는 니트로글리세린을 넣은 용기가 바닥에 떨어져도 아무 이상 없을 때도 있고, 또 어떤 때는 약간만 흔들려도 폭발하는 통에 집 한 귀퉁이가 날아가 버렸다.

이런 특성 때문에 당시 내로라하는 화학자들은 한번 씩 폭발물에 관심을 가지고 완전한 폭발을 위한 연구에 열을 올렸지만, 자칫하면 목숨도 잃을 수 있어 점차 외면했다. 그래서 그 이름조차 잊힐 뻔했다. 여기에 손을 댄 사람이 바로 노벨과 그의 아버지였다.

두 부자는 니트로글리세린 연구에 미쳐, 공장 경영과 생활은 등한시했다. 그래서 결국 공장은 남의 손에 넘어가버렸다.

빈털터리가 된 아버지는 어머니와 함께 스톡홀름으로 돌아왔다. 노벨과 형들은 퇴역 장군의 집 사랑채에 세 살며, 남의 손에 넘어간 공장의 직공 노릇을 하며 연명했다.

함께 지내던 큰형이 결혼을 해서 다른 지방으로 떠나자, 잠잘 곳마저 없어진 노벨은 할 수 없이 부모가 계신 고향으로 돌아와야 했다.

화약이고 뭐고 다시는 돌아보지 않을 작정이었다. 그런데 작은 구석방에서 불을 밝히고 니트로글리세린 연구에 몰두한 아버지를 보자, 의지가 약한 자신이 부끄러웠다. 백발노인인 아버지의 집념에 감동받아 다시 니트로글리세린 연구에 매달렸다.

그래서 흑색화약의 폭발력에 니트로글리세린을 이용, 새로운 폭발실험에 성공했다. 폭발하는 순간만 요란하고 힘은 미약하여 완전한 성공이라고는 할 수 없었다. 아버지는 이 정도만도 대성공이라고 몹시 기뻐했으나 노벨은 만족할 수 없었다.

그래서 그는 완전한 발명을 위하여 페테르부르크로 다시 갔다. 노벨이 떠나자 아버지는 허전함을 달래지 못해 식구들을 들볶았다. 발명에 미친 아버지 곁에서 수족처럼 시중을 들어주던 노벨이었기에 아버지의 상실감은 더 컸던 것이다. 가족들이 아무리 달래도 소용없었다.

이런 아버지를 위하여 노벨은 더 열심히 연구에 몰두했다. 그리고 얼마 후 니트로글리세린을 완전한 폭발물로 만들어 특허를 얻었다. 이제 다시 화약 공장을 돌리기만 하면 된다.

그런데 그에겐 공장을 돌릴 돈이 없었다. 그래서 그는 어느 날 파리의 은행가에 발을 디밀었다.

"여러분, 저는 스웨덴에서 왔습니다. 이 지구라도 폭발시킬 수 있는 굉장한 폭발물을 가지고 왔지요."

장작개비처럼 비쩍 마르고 신경질적으로 생긴 청년의 말에 뚱뚱한 은행장은 껄껄 웃었다.

"허허허, 그렇게 위력 있는 화약이 있을 리도 없지만, 있다고 한들 누가 이 지구를 폭파하고 싶겠나? 어서 가지고 가게."

노벨은 아차 싶었다. 은행장 말처럼 평화롭게 살기를 바라지, 누가 이 지구를 폭파시키길 원하겠는가! 노벨은 얼른 화제를 바꾸어, 이 화약은 광산의 채굴작업이나 도로공사 시 터널을 뚫는데 얼마나 훌륭하게 쓰일 수 있는지 설명하고 또 설명했다. 그러나 당장의 이익에 눈이 어두운 은행들이 그런 구구한 설명에 귀 기울일 리 만무했다. 노벨은 결국 미치광이 취급을 받으며 은행을 나와야 했다.

발명은 했으나 쓸 데가 없는 화약. 그 성능과 그로인한 국가이익을 누누이 설명했지만 아무도 관심이 없었다.

노력한 보람은 언제나 있는 법! 그의 발명품을 이해하는 인물이 나타났다. 그는 바로 프랑스의 나폴레옹 황제였다. 파리를 떠나는 노벨에게 나폴레옹은 거금 십만 프랑을 주었다.

“그대 말이 맞소. 그것은 굉장한 발명이요. 만일 그것이 성공적으로 생산된다면 세계 산업계에 일대 변혁이 일 것이 분명하오.”

이렇게 하여 노벨의 화약 공장은 세워지게 되었다. 공장가동에 따라 많은 돈을 벌었고, 120년 가까이 노벨상을 수여해 오고 있다.

익자삼락(益者三樂)
손자삼락(損者三樂)

사람을 즐겁게 하는 데는
여섯 가지가 있는데,
셋은 몸에 이롭고,
셋은 몸에 손실이 된다.

논어(論語) 계씨편(季氏篇)

익자삼락은 예악(禮樂)을 절도 있게 즐기는 것, 사람의 착한 말을 즐겨 하는 것, 현명한 친구가 많은 것을 즐겨하는 것이며, 손자삼락은 절도 없이 음률에 취하여 즐기는 것, 시간 가는 줄 모르고 놀기를 즐겨하는 것, 잔치를 베풀고 음식과 가곡을 즐기는 것이라 했다. 즉 환락에 치우치면 결국 몸에 이로울 것이 없다는 뜻이다.

앨버트 아인슈타인

1879년 독일 올무 출생
1900년 21세 취리히 공대 졸업
1909년 30세 모교의 교수로 임용
1915년 36세 일반 상대성원리 완성
1921년 42세 노벨 물리학상 수상
1933년 54세 히틀러의 유태인 압박으로 독일 탈출, 미국으로 이주. 프린스턴 연구소의 교수로 재직
1955년 76세 프린스턴에서 사망

부모도 염려한 지진아

천재는 두 가지다. 하나는 애초에 천재로 태어난 사람, 또 하나는 성장하면서 독보적인 세계를 형성해가는 사람이다. 모차르트나 다 빈치가 전자에 속한다면, 아인슈타인은 후자에 속한다고 할 수 있다.

유년시절의 아인슈타인은 천재는커녕 보통 아이들보다 발육이 늦었다. 그래서 부모들은 저능아가 아니냐고 염려할 정도의 지진아였다. 게다가 움직이는 것을 아주 싫어해서 땀을 흘려야 되는 일은 무조건 사양했다. 체육은 물론 빨리 걷는 것조차도 싫어했다. 그래서 그는 다른 아이들은 즐겨하는 병정놀이도 하지 않았다. 학교에서도 체육시간엔 빠져 달아나 버렸다. 그리곤 군사 교련을 받는 친구들을 조소했다. 매사에 의욕도 패기도 없는 학생의 성적이 좋을 리 있겠는가!

다른 과목은 겨우 낙제를 면할 정도였으나 그나마 수학은 봐줄만했다. 공부하기를 무척 싫어했는데, 수학에만 약간의 흥미를 가지고 있었다. 질서와 규율을 중시하는 당시의 교육체제 하에서, 수업시간에도 멍하니 딴생각을 하니, 교사들이 싫어하는 것은 당연했다. 어느 날, 선생은 아이들이 모두 모인 교실에서 아인슈타인에게 큰소리로 말했다.

“제발, 가라. 네가 자진해서 우리에게 안녕히 계시라고 하고 여길 떠나주면 정말 고맙겠다.”

“전 아무 잘못도 없는데요.”

“너를 퇴학시킬 이유는 없지. 요란하고 끔찍한 일을 저지르지는 않았으니까. 하지만 못시킬 것도 없어. 수업 중의 무성의하고 멍청한 너의 태도가 학습 분위기를 망쳐, 우리 반의 평판을 나쁘게 한단 말이야.”

아인슈타인을 부적응 학생으로 만든 것은 학교 체제뿐만이 아니었다. 오로지 천성 때문이라고 못 박을 것도 아니었다. 왜냐하면 유태인이라는 콤플렉스도 작용했으니까.

아인슈타인의 집안은 유태계였다. 아무 것도 모르고 가톨릭계 학교에 입학했을 때, 친구들이 유태인이라고 놀려대자 아인슈타인은 마음의 상처를 입었다. 워낙 섬세하고 여린 아인슈타인은 그런 마음의 상처로 학교생활이 우울하고 외로웠다. 친구들과 어울리기보다는 혼자 뚝 떨어져 딴 생각만 했다.

그가 중학교에 입학했을 땐 독일 군국주의의 절정기였다. 선생도 군인출신이라 학과공부보다는 훈련을 중시했다. 그러니 체육을 싫어하는 아인슈타인이 곱게 보이겠는가!

학교 안은 온통 연병장처럼 구령소리만 우렁찼고, 학교 옆 길에는 칼을 든 기병대가 말발굽소리를 요란하게 내며 끊임없이 지나갔다.

이런 학교가 아인슈타인에게는 사자굴 같았다. 학교생활 부적응자인 아인슈타인의 유일한 벗은 바이올린이었다. 그의 어머니는 활동을 싫어하고 감수성이 예민하고 내성적인 아들에겐 바이올린이 제격이라 생각하고 억지로 바이올린 연주를 시켰다. 다행히 아인슈타인은 바이올린에 재능을 보였다. 그래서 그의 어머니는 아들을 바이올리니스트로 만들 작정이었다.

노후에도 아인슈타인은 연구를 하는 틈틈이 바이올린을 켰는데, 그 솜씨가 일류 바이올리니스트 못지않게 훌륭했다고 한다.

어쨌거나 아인슈타인은 군대 같은 학교가 싫었다. 머릿속으로는 온통 달아날 방법만 찾았다. 여느 아이들 같으면 무작정 도망을 칠 수도 있었겠지만, 패기라고는 없는 아인슈타인은 도망칠 용기가 있는 위인이 아니었다.

아인슈타인을 더욱 주눅 들게 한 것은 병역의무였다. 눈앞에 닥친 병역의 사슬을 끊고 빠져나갈 방법을 고민하던 어느 날, 아버지의 사업이 실패하여 재산을 깡그리 날려버렸다. 그래서 밀라노의 친척 집으로 이사를 가야할 형편이었다. 이 갑작스런 사건이 아인슈타인은 기뻤다. 아버지의 실패를 즐거워 할 수는 없었고, 비탄에 잠긴 가족들 앞에서 드러내 놓고 기뻐할 수도 없었지만 기쁜 것은 사실이었다.

왜냐하면 증오스런 학교와 끔찍한 병역에서 달아날 수 있는 절호의 기회였기 때문이다.

그러나 아인슈타인의 기대는 와르르 무너졌다. 밀라노로 떠날 사람은 아버지와 어머니, 그리고 누이동생뿐이었다.

"아버지, 저도 같이 갈래요."

"아무소리 말고 졸업시험 마칠 때까지 여기 남거라. 겨우 일 년이야!"

아인슈타인은 너무 실망하여 병이 날 지경이었다. 이젠 아무도 없는 뮌헨에 홀로 남아 하숙방에서 지내야 했다. 그것은 견디기 힘든 나날이었다.

단호하게 결정을 내리지 않으면 안 된다고 생각, 궁리를 거듭한 끝에 묘책을 짜냈다. 그것은 가짜 건강진단서였다. 그것은 퇴학으로 기록되지도 않고, 따라서 장래에 타격을 주지도 않을 것이고, 부모님도 자식이 아프다는 데야 손을 들 것이기 때문이었다. 그래서 아버지가 의사인 친구에게 부탁해 가짜 건강진단서를 한통 뗐다. 진단서의 요지는 '신경불안 때문에 이탈리아의 부모 곁에서 반년쯤 요양을 할 필요가 있다'는 것이었다.

루이트포트 김나지움은 휴학을 허락해 주었다. 아인슈타인은 드디어 지긋지긋하던 학교를 떠났다. 그러나 그것도 며칠뿐이었다. 아버지는 계속해서 공부할 것을 명했다.

그는 다시 고교 졸업장이 없어도 갈수 있는 취리히 공업대학으로 가야 했다. 그러나 아인슈타인은 입학시험에 떨어졌다. 수학 성적은 좋았으나 외국어, 역사, 동물학 같은 과목은 참담했다. 시험엔 떨어졌으나 그의 뛰어난 수학 성적이 교수회의에까지 보고되었다. 학장은 그의 수학적 재능을 아껴, 뮌헨에서 이수하지 못한 과목을 스위스의 학교에서 계속 공부할 수 있게 조치해 주었다. 이유는 고교 졸업장을 받은 후 다시 그 대학에 지원하게 하려는 것이었다.

아인슈타인은 공부가 싫었기 때문에 학장의 권고가 그다지 반갑지는 않았다. 그는 마지못해 이탈리아의 알라우 고등학교에 편입했다. 알라우고교의 분위기는 독일과는 완전히 달랐다. 믿기 어려울 만큼 자유로워 주눅 들지 않고 공부할 수 있었다.

일 년 후 아인슈타인은 고교 졸업장을 받았다. 그리고 취리히 대학에 무시험으로 입학했다.

그의 첫 성과는 26세 때 세계 물리학계에서 혁명이라 불릴 정도로 놀라운 논문을 발표한 것이었다. 그것이 바로 그 유명한 상대성원리와 빛에 대한 양자가설의 착안이었다. 이것은 훗날 뉴턴의 역학을 수정해야할 만큼 대단한 것이었다.

아인슈타인은 그로부터 7년 후 취리히 대학의 교수로 임명되었다. 그의 나이 서른 살에 입학시험을 쳤다가 낙방한 그 대학의 교수가 된 것이다.

노상 현명하기만 한 사람은 없다

No one is wise at all times.

지자(智者) 천려(千慮)의 일실(一失)

똑똑한 사람이
아무리 충분히 살피고 생각한 일이라도
*한 가지 실수*는 있다.

지자(智者)의 일실(一失), 우자(愚者)의 일득(一得)이라.

사기(史記) 한신전(韓信傳)

지자도 한 가지 실수가 있고,
우자도 한 가지 잘 하는 것이 있다.

지혜로운 사람도 천 가지를 생각하는데 반드시 한 번 실수는 있고, 어리석은 사람도 천 가지를 생각하는데 반드시 한번은 좋은 생각이 있으니, 미친 사람의 말도 성인은 이를 취한다.

마르틴 루터

1482년 독일 아이스 뢰벤 출생
1501년 29세 수도원에 들어감
1517년 45세 면죄부 사건이 종교개혁의 시발점이 됨
1521년 49세 황제에게 체포.
구사일생으로 왈트부르그 성에 감금,
라틴어 성서를 독일어로 번역
1546년 74세 사망

벼락 맞은 친구를 보고 수도자가

세계의 이목을 놀라게 하고, 역사를 바꾼 위대한 인물은 확실히 보통사람과는 다르다. 지독하게 불행하거나, 아주 괴상한 병을 앓거나, 뻔뻔스럽게 방탕하거나 한다. 그런 사생활을 '비범하다' 말할 수 있을지 모르겠지만 보통 이하가 아니면 보통 이상인 것만은 분명하다.

그 대표적인 예가 바로 종교개혁가 마르틴 루터다. 그는 일생을 독신으로 살 것을 맹세했다. 당연히 그래야 할 교회의 수도사였고, 그의 아내 역시 수도자였다.

오늘날도 수도사들은 독신이어야 하고, 비록 친인척이라도 수도원 내에서는 결코 여자와 면회할 수 없다고 한다. 수녀들도 역시 일단 수녀원에 들어가면 평생 남자와 교제를 가질 수 없단다. 그런데 1400년대, 그것도 교회가 천하를 쥐고 흔들던 그 시절에 마르틴 루터는 수도사 제복을 벗고 당당히 결혼했다.

'독신주의는 겉보기엔 천사처럼 보이지만 실제로는 악마 같은 생활이다'라고 비난을 하면서, 그것도 수녀원의 수녀와.

놀라운 일이며, 배짱 좋은 사나이며, 참으로 대단한 인물이다. 그가 보통 인물이 아님은 어렸을 적부터 확연히 드러났다. 왜냐하면 벼락을 맞고도 살아난 천운의 소년이었기 때문이다.

마르틴 루터의 아버지는 독일 아이스 뢰벤 광산촌에서 광산업과 제철업을 경영하는 상당한 재산가였다.

마르틴의 아버지는 장래에 아들이 법률가가 되기를 바랐다. 그는 매우 엄격한 사람으로 신의 가르침을 진실하게 지키는 사람이었다. 그러나 신부나 교회는 극도로 싫어했다. 신앙심이 두터운 크리스천이 왜 하느님에게 봉사하는 사람이나 장소를 증오하였을까? 그것은 당시의 교회나 신부가 몹시 부패하고 난잡했기 때문이었다.

루터는 채 여섯 살이 되기도 전에 맨스필드 라틴 학교에 들어가 매우 우수한 성적으로 졸업했다. 그리고 마그데버그 성당학교와 아이제하나 성 조지 교회학교에서 각각 중·고등학교 과정을 역시 뛰어난 성적으로 마쳤다. 그리고 엘하르트 대학 법학부에 입학했을 때는 겨우 열일곱 살이었다.

그는 엘하르트 대학에 입학하여 문학사를 공부한 다음 아버지의 바람대로 법률 공부에 전념, 장차 변호사나 판사가 될 작정이었다.

그러나 그의 내면엔 날이 갈수록 법률에 대한 회의가 생겼다. 딱히 정해놓은 바는 없었지만 법률공부가 생리에 맞지 않는 것 같았다. 그러던 어느 날, 절친한 문학도인 분츠라는 친구가 급성맹장염으로 죽어버렸다. 생기발랄하던 친구가 하룻밤 새 유명을 달리했던 것이다. 루터는 슬픔에 잠겨 죽음이란 무엇인지 자주 생각하게 되었다.

그 해 여름 마르틴이 방학을 맞아 맨스필드에 머물던 때였다.

어느 날 친구가 찾아왔다. 두 사람은 즐거워하며 야외로 나갔다. 장래와 학문에 대한 얘기를 나누며 산책했다. 그리고 집으로 돌아오던 중 맹렬한 소나기와 천둥을 만났다. 그들은 어느 마을 어귀의 마차 역으로 비를 피하러 들어갔다. 바로 그 때 무서운 천둥소리를 내며 마차 주위에 수십 개의 벼락이 떨어졌다.

루터는 정신을 잃고 마차 옆에 쓰러졌다. 얼마나 지났을까, 루터가 깨어보니, 여전히 소나기는 퍼붓고, 친구는 꺼멓게 탄 시체가 되어 나둥그러져 있었다. 무서운 광경을 보고 두려움에 떨다 가까스로 정신을 차려 가까운 성당으로 달려 들어갔다. 그리고는 무조건 빌었다.

"하느님, 한 번만 용서해 주십시오. 저는 진실로 하느님을 위한 수도자가 되겠습니다."

이렇게 소리 내어 빌었다. 이런 겁쟁이가 세상에 어디 있겠는가! 벼락 맞은 친구를 보고 수도원으로 뛰어 들어가 수도자가 되겠다고 빌다니!

대학으로 돌아온 루터는 자진해서 퇴학을 하고, 오거스틴파 수도원으로 들어가 버렸다. 죽음이 과연 인간의 힘으로 극복될 수 있는지 생각해 보았다. 아무리 생각해 보아도 그것은 풀 수 없는 문제였다. 그것은 신의 영역이었다. 루터의 모든 사고는 이제 거기 머물렀다. 법학도 루터는 이제 열성적인 수도자가 되었다.

수도생활 2년 만에 그는 사제가 되었고, 다음해부터 비텐베르크 신학대학 강사가 되었다. 이어서 신학 석사와 박사 학위까지 받았다.

어느 날 로마에 사절로 파견되었다. 학술적으로 지식을 축적하고 신학적 견문을 넓히고자 로마의 교회를 둘러보았다. 그러던 그는 커다란 모순에 당착, 수많은 의문을 안고 돌아왔다.

항상 진리를 추구하고, 양심을 지키며, 하나님께 진실하려는 젊은 구도자의 눈에 비친 로마는 온통 비 진리에, 부패한 지옥이었다. 양심은 썩고, 사기, 권모술수와 음행이 활개를 쳤으며 신부나 감독관들은 사치스런 생활을 하며 홍청거렸다.

이를 본 루터는 어떻게 해야 로마의 부패를 바로잡을 수 있을까 날마다 고심하였다. 그러던 차에 로마에서 사절이 왔다. 내용은 로마에 거대한 성당을 지으려고 하니 '면죄부'를 독일 교회 신도들에게 팔아달라는 것이었다.

'면죄부'란 남녀노소, 지위 고하를 막론하고 누구든 돈만 내고 이 표를 사면, 어떤 범죄자도 용서받고, 죽어서 천당에 갈 수 있다는 황당무계한 천당행 특급열차표였다.

뒤집어 말하면 제아무리 선량하고 신앙이 두터운 사람이라도 돈이 없어 표를 구입하지 못하면 지옥으로 떨어진다는 것이다. 선량하고 무지한 민중들의 돈을 빼앗기 위한 교회의 악랄한 수단이었다. 이를 본 루터는 좋은 기회라 생각하고 과감히 반기를 들었다.

거대한 무리와 일개인의 싸움이었다. 면죄부가 부당하다하여 분노를 느끼는 사람이 루터 하나만은 아니었지만, 반기를 들었다가는 목이 달아나는 판이라 아무도 감히 나서려 하지 않았다. 루터는 혈혈단신, 한 점 두려움 없이 정의의 깃발을 높이 들었다. 그는 진실한 수도자로, 신의 계시를 받고 살아난 사람이었으므로, 무지막지한 교회의 권력 앞에 하나님의 사자로 맞선 것이다.

그는 면죄부의 비위 사실을 낱낱이 지적, 이의 시정을 촉구하는 95개 조항의 반대 성명문을 비텐베르크 성문에 게시하고, 본격적으로 로마 교회를 공격하기에 이르렀다.

그러나 제아무리 벼락을 맞고도 살아난 하나님의 선택자라 할지언정 그는 혼자였다. 그는 거대 세력에게 도리어 하나님을 모독한 자라고, 죄인으로 규정되었다.

그는 틀림없이 사형에 처해질 운명이었다. 그러나 하나님의 뜻은 역시 위대하고 빛나는 것이라 마르틴 루터를 결코 저버리지 않았다. 연행되는 동안 그는 복면기사에게 구출되었다. 그를 흠모하던 작센 후작이 그를 구했던 것이다.

그는 작센 후작의 저택에 숨어 성경번역에 착수했다. 그때까지의 성경은 전문적으로 공부를 한 신부만 읽을 수 있는 라틴어나 그리스어 판뿐이었다. 이에 루터는 누구나 쉽게 읽을 수 있도록 독일어로 번역을 시도했던 것이다. 이런 루터의 항거에 힘입어, 잠재세력들이 곳곳에서 일어났다. 비텐베르크 성문에 붙인 불은, 부패한 교회에 불만을 품은 전국의 민중에게로 삽시간에 옮겨 붙어, 온 유럽을 혁명의 불길로 뒤덮었다.

마르틴 루터는 이론에는 이론으로, 완력과 폭력에는 진리와 자유로 대항하였다. 이 불길은 수녀원의 담장을 넘어 들어가 수녀들의 마음을 뒤흔들었다. 부당한 억압과 제도, 인권을 무시한 강압에 신음하던, 그래서 탈출의 기회만 노리던 수녀들은 루터가 구출해 주기를 바랐다.

루터는 교회와 교인, 수녀원과 수도원을 차례차례 해방시켰다. 비로소 진정하고 정당한 기독교가 유럽 전역에 퍼져 나갔다.

절차탁마(切磋琢磨)

학문과 덕(德)을 거두어 깊이 연습을 쌓는 것을 말한다.

절차(切磋)는 짐승의 뿔(角)이나 뼈(骨)를 잘라 다시 갈아서 무엇을 만들어내는 것을 말하며 이것은 *배우는 것*을 뜻한다.

대학(大學)에 '절(切)하는 것과 차(磋)하는 것 같다 함은 배우는 것을 말함이라'고 하였다.

탁마(琢磨)는 옥석(玉石)을 다듬는 것을 뜻하는데, 옥이나 귀한 돌은 이미 그 자체가 가치가 있는 것이지만, 다시 연마하여 빛을 내게 한다는 뜻으로 *자기 수양을 거듭하라*는 말이다.

대학에 '탁(琢)함과 같고, 마(磨)함과 같다 함은 스스로 수양하는 것이로다.'라고 씌어 있다.

즉, **배우고 스스로 수양을 깊이 하라**는 뜻이다.

장 작 루소

1712년 스위스 제네바 출생

1728년 16세 방랑생활 끝에
발렌 남작부인을 만나 갱생의 길을 걷기 시작

1749년 37세 프랑스로 건너가
현상 논문 모집에 응모하여 당선

1762년 50세 <민약론>과 <에밀>을 발표

1766년 54세 영국, 프랑스를 전전하며 <참회록> 집필

1778년 66세 프랑스에서 사망

학교 문턱에도 안 가본 시계수리공

'인간이여, 자연으로 돌아가라'고 외친 장 작 루소는 <에밀>, <민약론>, <사회계약론>등 불후의 명저를 남겼으면서도 학교라곤 문턱에도 가본 적이 없다.

구두닦이, 신문팔이, 사환, 하인, 장사, 거간 등 어릴 때부터 수많은 직업을 전전하였다.

그는 한 때, 제네바의 한 시계방에서 고장 난 시계를 고치는 일을 했다. 주인은 지독한 구두쇠에 몰지각하고, 사소한 일에도 버럭버럭 화를 내며, 툭하면 손찌검까지 해대는 고약한 영감이었다. 그래서 루소는 시계 수리에 대한 흥미를 잃어갔다. 수리도 대충 해 주고, 꼬치꼬치 따지는 주인의 비위를 맞춰가며 거짓말만 늘어놓았다. 영감 몰래 시계를 훔쳐 팔아 친구들과 어울려 술을 마시고, 쉬는 날엔 교외로 놀러 가기도 했다.

훔치는 것은 물론 나쁘지만, 수전노 같은 영감을 골탕 먹이고, 수중에 돈이 생기고, 주린 배를 채우고, 또 친구들과 어울릴 수 있어서 당시의 루소에겐 굉장히 즐거운 일이었다.

그러다 나중엔 도벽이 습관이 되어, 친구들과 거리를 쏘다니다 길거리 상점에서 물건을 슬쩍 하고, 주인 몰래 과일을 훔쳐 먹는 좀도둑이 되어 버렸다. 시계방 주인의 구박과 손찌검은 여전했지만, 좀도둑질로 스트레스를 날리며 그럭저럭 견뎠다. 그렇게 방황하다 성문을 닫기 일 분 전에야 뛰어 들어오곤 했다(당시 제네바에는 교외와 시내의 왕래를 통제하는 제도가 있어서, 밤에는 이 성문을 닫았다).

주인 영감은 루소가 외박하는 것을 아주 싫어했다. 그래서 교외로 나가 놀다가도 폐문시간 전엔 제네바로 돌아와야 했다. 주의를 한다고 했지만 두 번이나 늦어 몽둥이찜질을 당한 적이 있다.

열여섯 살 사내놈이 그깟 영감쯤이야 마음만 먹으면 때려눕힐 수도 있었지만, 아버지마저 증발해버린 마당에 어찌 그런 짓을 하겠는가! 루소는 처량한 신세만 한탄할 뿐 주인과 맞서 싸울 용기는 없었다.

어느 일요일, 루소는 여느 휴일과 마찬가지로 약간의 돈을 마련해, 친구들과 제네바 외곽의 동산으로 소풍을 갔다. 웃통을 벗고 씨름도 하고, 돌팔매질도 하고, 돼지 멱따는 소리로 노래도 부르며, 뒹굴고 놀았다. 이러면 자신의 불행을 잠시나마 잊고 지낼 수 있었다.

그는 태생부터 불행했다. 어머니는 그가 세상에 나옴과 동시에 유명을 달리했고, 여섯 살까지 돌봐주던 아버지는 작은 아버지에게 아들을 맡기고 줄행랑을 쳐버렸다. 무슨 이유로 그리했는지는 모르나, 프랑스 군인을 신나게 패준 일이 법적으로 문제가 되어 야반도주를 해버린 것이었다.

자연히 아버지가 경영하던 시계방은 루소를 키워준다는 구실로 작은 아버지가 팔아치웠다. 루소가 취직한 시계방은 공교롭게도 지난 날 아버지가 경영하던 것이었다. 시계수리 기술이 뛰어나지는 않았으나 정밀기계를 만지는 것이 재미있고, 그것이 아버지의 직업이었다는 유대감이 있었기에, 루소는 시계 점을 경영하고 싶다는 생각을 한 적도 있었다.

아무튼 장난치며 웃고 떠들다보니 어느새 저녁때가 되어버렸다. 곱고 선명한 노을이 하늘에 비껴 깔렸다. 마음은 모두 밤새 어울려 놀고 싶었지만, 각자 사정이 다르니 아쉽지만 제네바로 돌아가야 했다.

“조금만 더 놀다 가자, 작.”

“안 돼! 지금 안 가면 폐문시간 전에 제네바에 닿을 수 없다고. 네가 책임 질 거야?”

"자칫하면 맞아죽기 십상이지."

그들은 투덜거리며 소풍을 끝내고 길을 재촉했다.

그러나 제네바에 채 당도하기도 전에 북소리가 들렸다.

"아니, 어떻게 된 거야?"

"글쎄……."

그들은 서로 얼굴만 쳐다봤으나 안색은 이미 변해 있었다. 북소리는 분명 폐문을 알리는 신호였다.

일행은 겁을 먹고 성문을 향해 달리기 시작했다. 조금이라도 지체했다간 밥줄이 끊어질 판이었다.

루소는 특히 더 사력을 다해 뛰었다. 오늘 밤 시계방에 들어가지 못하면 밥줄이 아니라 목숨이 위태로울 판이었다. 성미 급한 주인에게 맞아죽기 딱 알맞은 일이었다.

그러나 숨을 헐떡이며 성문 앞에 이르렀을 때는 이미 성문이 굳게 닫힌 후였다. 밀고, 두드리고, 발길로 차 보아도 성문은 꿈쩍도 하지 않았다. 그들은 성문 앞에 주저앉았다.

"이제 어떡하지, 작?"

"할 수 없지. 내일 들어가면 난 맞아 죽을 거야."

"내일 아침 일찍 들어가 빌지, 뭐."

"에이 속상해. 빈다고 될 일이냐?"

"짜증 내지마, 작. 너만 그런 거 아니야. 나도 마찬가지야."

끼리끼리 논다고 친구라고 하나같이 그 모양이었다. 루소와 비슷했다.

"에라, 모르겠다."

그들은 낙심하여 땅바닥에 주저앉거나 아예 드러누워 버렸다. 별이 반짝이는 하늘을 응시하던 루소는 자기도 모르게 중얼거렸다. '가자, 떠나자고. 제네바를 떠나 생판 모르는 이웃나라로 가자. 살쾡이 같은 주인에게 맞아 죽는 것보단 나을 거야. 이깟 몸뚱어리 어디서 구른들 굶어죽기야 하려고. 시계방이고 뭐고 다 집어치우고 나를 구속할 이유가 없는 일을 해 보자. 자유롭게 여행을 하는 거야.' 겁쟁이 루소는 이런 생각을 하며 제네바를 떠났다.

이렇게 새로운 삶은 시작되었다. 새로운 삶이래야 뻔한 것이었다. 일가친척도, 아는 사람도 하나 없는 낯선 거리에서, 배운 것도 없는 루소가 하는 짓이란 거지에 좀도둑질이었다. 그러다 들켜 경찰에 쫓기기도 하고 얻어맞기도 했다. 그렇게 각지를 전전하다 어느 날 안 시에 이르렀다. 여기서의 생활도 마찬가지였다.

그러다 부랑아들의 갱생을 위해 자선사업을 하던 발렌 남작부인을 만났다. 이 만남은 곧 그의 인생의 빛이었다. 그는 발렌 남작부인에게 공부라는 소리를 듣고 비로소 학문의 길에 들어선 것이다. 물론 스승이나 선생이 있었던 것은 아니고, 완전한 독학이었다.

그러던 어느 날, 그는 무심코 잡지를 뒤적이다 「과학 및 예술의 발달은 인류를 진보시키는가, 퇴보시키는가?」에 대한 논문 현상모집 공고를 보았다. 그는 거기 응모해 당당히

1등에 입선했다. 타고난 재질에 관심을 갖게 된 최초의 동기였다.

그 후로도 가난과 방랑과 박해가 따라다녔지만 그는 학문을 게을리 하지 않았다. 그런 근면함이 세기를 대표하는 지식인으로 추앙받는 루소로 만들었다.

재미있는 일은, 논문 현상모집에 당선된 루소는, 그 일로 파리 상류사회에서 인정받고 그들과 교류를 갖게 된 것이다. 파리 상류 사람들에게 가끔 초대받아, 담소를 즐기며 후한 대접을 받았다.

그들이 루소에게 호감을 갖고 친절하게 대할수록 그들에 대한 반감이 생기고 도시와 인간이 싫어졌다. 워낙 불우한 환경에서 자란 탓인지, 마음이 삐뚤어져 그런지 알 수 없으나, 그는 사람들이 싫었다. 그래서 괴팍하게 굴었다. 사람들과 금방 친해지기도 했으나, 사소한 일에도 곧잘 화를 내고, 베푸는 친절까지 외면하고, 다투고 헤어지곤 했다.

그러다 어떤 사람의 호의로 파리 교외의 별장에서 방랑생활을 접고 조용하게 생활했다. 그는 거기서 유명한 <민약론>, <에밀> 등을 저술했다. 그가 저술한 <에밀>에서 '나는 내 자신 속에서만 신을 느낀다. 주위 어느 곳에나 신이 있다는 것을 믿기는 하지만, 신이 어디에 있으며 또 어떤 것인가를 알아보려 하면 그것은 나를 피해 달아나버린다.'라고 피력했다.

그것은 자기가 느낀 바대로 서술한 것이었으나, 그에게 친절하던 기독교도들은 그를 이단자라고 쫓아내 버렸다.

<에밀>은 '아이를 어떻게 키울 것인가'라는 내용을 담은 교육소설이다. 루소는 그런 교육소설까지 저술했으면서도, 정작 자기가 낳은 세 아이들은 모두 보육원에다 맡겨버렸다. '자식을 어떻게 키워야 좋을지 자신이 없다'는 게 이유였다. 그 바람에 그는 욕설과 비난을 무수히 받아야 했다.

그리고 그는 유명한 <참회록>을 내놓았다. 물론 내용 자체는 훌륭한 것이었지만, 그를 아는 사람들은 욕을 퍼부었다.

사다리를 오를 때는
맨 밑단부터 발을 디뎌야 한다.

He who would climb the ladder, must begin at the bottom.

높은 데 오르려면 얕은 데부터.

중용(中庸)

군자의 길은,
가령 먼 길을 가는데 *가까운 데서부터* 가듯,
가령 높은 곳에 올라가려면,
얕은 데서부터 하는 것과 같도다.
무슨 일이든지
단번에 되기를 바라서는 안 되며,
일정한 순서와 과정을 밟아야 한다.
우리 속담의
'천리 길도 한 걸음부터'
(Step by step one goes a long way.)와 같은 뜻.

한 걸음 한 걸음 사람은 먼 길을 간다.

버트란트 러셀

1872년 영국 런던 출생

1890년 18세 캠브리지 대학에 입학하여
수학과 철학을 공부함

1897년 25세 <기하학의 기초> 발간

1903년 31세 <수학 원리론> 발간

1913년 41세 백작 작위를 받음

1950년 78세 영국 최고 유공훈장을 받음

1970년 98세 영국에서 사망

성적(性的) 호기심이 강한 귀공자

세기의 석학 버트란트 러셀의 사춘기 시절 특징은 유난히 성적(性的) 호기심이 강한 것이었다.

그래서인지 그는 성인이 되어서도 결혼을 세 번이나 할 정도로 대단한 정력가였다. 물론 세 번 결혼한 배경은 자유연애에 대한 신봉과 인간해방 사상 때문이었지만. 아무튼 그는 그렇게 자유분방하고 방탕한 일생을 살다 갔음이 분명하다.

복잡하면서도 질서 있고, 비난 속에서도 배짱은 두둑했던 사나이였다.

러셀은 영국의 전성기라 일컬어지는 빅토리아 왕조 때, 고급관리였던 할아버지 슬하에서 자랐다. 그는 두 살 때 어머니를 여의었고, 네 살 때 아버지마저 잃었다. 그래서 부모의 사랑도 모른 채 자랐다. 결손 가정에서 자라서인지 내성적이고 고독했다. 거기다 총리대신을 지내던 할아버지와 할머니는 매우 엄격하여, 그는 기를 펴지 못했다. 그런 환경이 그에게 신체활동은 정지시키고 사고만 종용하였다.

그 결과 사물에 대한 호기심과 내재된 욕망을 불러일으키게 했다. 그는 고독하고 내성적인 성격이라 지적으로는 많은 향상을 보이는 반면, 비밀스런 행동은 은폐하려 들었다. 그 중에 가장 은밀하고 재미있어 하는 것이 '섹스'에 대한 것이었다. 러셀은 나이에 비해 육체적, 정신적으로 남달리 조숙했다.

그래서 사춘기도 다른 아이들보다 일찍 찾아왔다고 한다. 그는 열서너 살 때부터 참기 어려울 정도의 성욕을 느꼈으며, 열다섯 살 때부터는 자위를 하는 습관까지 생겼다.

그는 할아버지의 서재에 틀어박혀 문학, 역사, 미술, 정치 등 다방면의 책들을 보았으나 그다지 흥미는 없었다. 오로지 섹스에 관한 책들에만 신경이 갔다. 그래서 할아버지 몰래 선정적인 책들을 구해다 밤새 읽었다. 그것들은 아주 재미있었다. 독일인 간호사, 스위스인 여가정교사, 영국인 가정교사 밑에서 입시 준비 교육을 받는 것보다 그것들이 훨씬 재미있었다. 바이런이나 셸리의 시보다 더 재미있었다. 유클리드의 기하학과 수학에 약간의 흥미가 있긴 했지만, 그것들을 보는 즐거움에는 비할 바가 아니었다.

급기야는 성(性)에 관한 의학 서적마저 기를 쓰고 탐독했다. 그러면 그럴수록 성에 대한 관심이 높아지고, 자연히 충동이 일어 자위를 해야만 했다. 그로인한 수치심 때문에 우울한 나날을 보내야 했다.

어느 날, 소년 러셀은 성충동을 이기지 못하고 기어코 나이 어린 하녀를 집적거렸다.

"이 봐! 베티첼, 어여쁜 베티첼."

베티첼이라는 하녀는 헤벌쭉 웃었다.

"왜요, 도련님?"

"넌 어쩜 그렇게 예쁘니? 난 너를 볼 때마다 감탄해. 너는 꽃보다 향기롭고 아름다워."

"호호호, 고마워요, 도련님. 도련님도 멋진 분이에요."

그러던 어느 날, 러셀은 하녀를 꾀어 지하실로 데려갔다. 러셀의 속셈을 알아차린 하녀는 야멸치게 그를 뿌리쳤다. 뿐만 아니라 이런 좋지 못한 행동을 할아버지께 이르겠다고 협박까지 했다.

하녀의 말에 러셀은 정신이 번쩍 들었다. 대영제국 총리대신 존 러셀 백작이 자기 손자가, 그것도 새파랗게 어린 녀석이 이런 짓을 한다는 걸 알게 되는 날엔…….

러셀은 눈앞이 캄캄했다. 엉큼한 짓을 하려고 하녀를 꾀어 지하실로 데려가려다 오히려 큰 낭패를 당한 러셀은, "그래, 내가 잘못했어. 할아버지께 이르지만 마. 다신 안 그럴게. 아무 말 하지 마!"라고 사과하며 쐐기를 박듯 하녀에게 이르고, 고기를 훔쳐 먹다 들킨 개처럼 주눅이 든 채 지하실을 나왔다.

그 후로도 러셀은 자위를 하는 나쁜 버릇은 여전했고, 야만적인 성행위를 하는 꿈을 자주 꿨다.

그래서 그는 한 때는 자살을 할까도 생각했다. 그는 숲을 거닐다가도, 지는 저녁 해를 보다가도 자살을 생각했다. 끓어오르는 욕정을 견디지 못하여 자위를 할 때도, 모든 것을 잊으려 책을 읽을 때도 자살을 생각했다.

부모도, 형제도, 친구도 없는 러셀은 엄격하기만한 조부모 슬하에서 고독감을 느끼며 많이 방황했다.

그런 것들을 극복하게 해 준 것은 수학적 성질에 대한 연구와 종교였다. 비록 부모는 없었으나, 종교적인 분위기에서 자랐기 때문에, 섹스나 그로인한 수치심 때문에 회한에 젖어 있었다. 그러면서도 철학적이고 중량감 있는 문제에 대해 진지하게 자기 자신과 논쟁하기 시작했다. 그 문제란 '자유 의지', '영혼의 불멸', '신의 존재' 등이었다. 사물에 대해 왕성한 호기심을 갖고 있었던 만큼 그것들에 대해서도 여러 가지로 사고하였다.

그는 조숙하기도 했지만 우수한 두뇌의 소유자이기도 했다. 수학에 대한 흥미는 점점 커져, 그를 완전히 사로잡아 진정한 학문의 길로 들어서게 했다. 그는 캠브리지 대학에 입학하기 전에 이미 데카르트에 빠져들었다. 그리고 얼마 전까지만 해도 믿던 신(神)의 존재를 부정하기에 이르렀다.

'밀'의 자서전에 심취한 러셀은 거기에 대한 증명까지 해냈다. 그는 불과 열여덟에 수학에 관한 여러 가지 이론에 통달했다.

그가 수학을 비롯한 여러 학문에 뛰어난 발전을 보이긴 했지만, 소년 시절의 어두웠던 기억이 청년이 된 후에도 그의 의식을 지배했다. 그래서 첫 번째 부인인 앨리스와 연애를 하는 동안 신체접촉에 매우 조심스러웠다고 한다. 그는 앨리스와 팔짱을 끼고 달밤의 강변을 걸으면서도 학문에 대한 이야기만 나눌 뿐, 아무런 스킨십도 없었다고 한다. 공원 벤치에 앉아 다정하게 자유연애를 논하면서도 결코 지분대지 않았단다.

섹스에 대한 그의 의식은 확고하게 자리 잡았다. 그는 이성간의 접촉에 관해 이렇게 토로한 적이 있다.

"진실한 사랑이 없는 이성간의 접촉은 비난의 대상이 되어야 마땅하다. 그러나 진실한 사랑 위에서의 접촉은 숭고한 것이다."

그의 말처럼 러셀의 여성에 대한 사랑은 미모에 반한다든가, 관능적인 매력에 끌려 불같이 덤비는 그런 사랑이 아니었다. 그의 여자들은 모두 철학이나 종교에 관해 대화를 나눌 수 있는 지성인이나, 풍부한 인간미를 가진 사람들이었다. 평화운동을 하다가, 학문을 논하다가, 서로의 고독과 정신적인 괴로움을 덜어주면서 사랑의 싹이 텄다.

어쨌거나 그는 위대한 인간이었다. 생의 진리를 밝히는 철학자였으며, 집념 강한 교수였다. 그는 평화 운동가이기도 했고, 여행가이기도 했다. 정치인으로 국회의원에 출마한 적도 있다. <교회의 악마>같은 호평 받은 소설을 쓴 소설가이기도 했다. <교육론>, <정치론>, <종교론>, <사회주의론>, <민주주의론>, <결혼론>, <연애론> 등 헤아릴 수 없이 많은 저서를 내놓은 저술가이기도 했다.

그러면서 그는 끊임없이 사랑하고, 줄기차게 연애하고, 결혼하고, 이혼했다. 그의 인생은 누구보다도 정열적이었고, 그래서 사회사상의 선두주자로서의 역할을 담당했다. 학자로서의 순수한 공헌 뿐 아니라, 세계 양대 진영의 사상을 적확하게 비판하며, 세계 평화를 목표로 인류를 새로운 방향으로 이끄는 철저한 합리주의자였다.

러셀

하루에 세 번 내 몸을 돌아본다.

日三省吾身 일삼성오신

정신수양을 뜻하는 자는 하루에 세 번 반성한다.

논어(論語) 학이편(學而篇)에 증자(曾子)가 말하기를, '나는 하루에 세 번 내 몸을 돌아본다. 남에게 대하여 한 일이 충실하였던가, 친구와 사귀어 신임이 있었던가, 전하고서 배우지 아니하였던가.'라고 씌어 있다.

세 가지 일을 하루에 세 번 반성하는 것인데, 마지막의 '전하고서 배우지 아니하였던가(傳不習乎)'에 대한 주자(朱子)의 주석은 '스승한테서 배운 것을 익히고 연습하지 않았던가.'인데 일설에는 '남을 가르치기만 하고 스스로를 위한 공부는 소홀히 하지 않았던가.'의 뜻이라 한다.

골든 바이런

1788년 영국 런던 출생
1807년 19세 캠브리지 대학 재학 중에
시집을 발간, 악평을 받음
1812년 24세 시집 <차일드 하롤드의 순례>를 발간하여
대호평을 받음
1823년 35세 그리스 혁명군에 입대
1824년 36세 미소롱기에서 병사하다

시(詩) 속의 마리를 사랑한 불구의 소년

천재 시인 조지 골든 바이런이 절름발이였다는 사실은, 그를 아끼고 흠모하는 사람이라면 누구나 다 알 것이고, 마음 아팠을 것이다.

그는 태어날 때부터 절름발이였다. 이 불구라는 콤플렉스 때문에 시인 바이런은 몹시 천박하게 사춘기를 보내야 했다. 섬세하고 예민한 청년이 신체의 불구 때문에 실연을 당했으니 마음의 고통이 얼마나 컸겠는가! 하로 고교 시절 이 소년은 하필 친척인 마리 챠워즈를 사랑하고 있었다. 학창시절, 친척끼리 모여 가장무도회를 열었는데, 거기에 어머니와 함께 참석했다가 챠워즈의 딸 마리를 보고 반해버렸다. 바이런의 말을 빌면 '마리의 밝고, 맑고, 고운 자태가 무지개나 별과 흡사했다'고 한다. 그녀를 생각하면 바이런은 잠을 잘 수도, 먹을 수도, 공부를 할 수도, 쉴 수도 없었다. 어떻게 하면 그녀와 함께 할 수 있을까 고민하는 것이 당시 그의 생활의 전부였다. 이것이 바이런의 첫사랑이었다.

그 전에도 바이런은 종가 댁의 누이동생을 좋아하고, 마가레트라는 육촌 누나를 몹시 좋아한 적이 있긴 했지만, 그것과는 색깔이 완전히 달랐다. 막연한 동경이나 그리움이 아니라, 아주 구체적이고 열렬한 사랑이었다. 마리를 사모하는 마음이 너무 간절한 나머지 바이런은 그녀와 결혼해야겠다고 생각했다.

그러나 바이런은 쉽게 고백할 수 없었다. 신체불구라는 콤플렉스가 그를 가로막았다. 바이런은 그녀가 충분히 눈치 챌 수 있을 만큼 행동했고, 영리하고 총명한 마리가 그것을 모를 리 없었다. 마리는 바이런의 정열적인 눈길과 자기에 대한 사랑을 분명히 느꼈으나, 그의 사랑에 응해주지 않았다.

바이런은 무도회장에 갈 때마다, 자기 앞에서 나비처럼 왈츠를 추는 마리를 보면서 안타까워했다. 그는 절름발이였기 때문에 여러 사람 앞에 나가 절뚝거리며 춤출 용기가 나지 않았다. 그가 춤을 추면 왈츠가 아니라 병신 육갑하는 꼴일 것이 뻔했기 때문이다.

"다리만 멀쩡하다면 얼마나 좋을까. 무도회에서 사랑하는 마리와 사람들의 시선을 받으며 나풀나풀 춤을 출 수 있을 것이 아닌가. 난 어쩌다가 다리병신으로 태어났나! 마리도 날 싫어하거나 경멸하는 것 같지 않았어. 그런데……."

무도회가 끝나고 나란히 말을 타고 돌아오면서, 바이런은 그녀의 뽀얀 볼을 보며 끙끙 앓았다. 그녀는 정말 아름다웠다.

"마리! 당신의 왈츠 솜씨는 정말 대단해요. 누구보다 부드럽고 우아했어요. 당신은 정말 아름다운 천사입니다."

"그렇게 말해 주니 고마워요."

챠워즈는 친척 중에 제일 명문귀족인 바이런을 자주 초대했고, 가족과 함께 마트릭이나 카슬런으로 소풍도 가곤 했다. 마리와 함께 있고 싶어 안달이 난 바이런은 겉으로는 귀족다운 매너를 보이며, 속으로는 얼씨구나 하고 챠워즈 댁에 거의 머물러 살다시피 했다.

그러던 어느 날이었다.

"아가씨! 오늘도 그 귀공자님과 놀러가는 거예요?"

"귀공자?"

"골든 귀공자님 말이에요."

"흥!"

마리와 하녀의 대화였다. 그날도 마리와 함께 야외로 나가기 위해 바이런은 미리 준비를 마치고 그녀를 기다리고 있었다. 그런 참에 들려온 두 여자의 대화는 어린 바이런의 가슴을 칼끝처럼 파고들었다. 그것은 불행이었고, 너무 큰 충격이었다.

"그럼 아가씨는 귀공자님을 좋아하지 않으세요?"

"얘! 자꾸 귀공자, 귀공자 하지 마!"

"잘 생기고 멋진 분이잖아요, 조지 도련님은."

"잘 생기면 뭐하니? 절름발이 병신인데. 내가 좋아할 것 같니?"

바이런의 사랑에 대한 단꿈은 일순간에 산산조각 나버렸다. 그는 눈앞이 캄캄했다. 아무 것도 보이지 않았다. 지금까지 내게 보여주던 친절은 무엇이란 말인가?

그는 그대로 말을 달려 학교로 돌아왔다. 그 후 바이런은 마리에 대한 그리움이 일면, 학교 부근 언덕 위에 있는 느릅나무 밑에 가서 혼자 생각에 잠기곤 했다. 성질이 급해 걸핏하면 싸우려들던 바이런이었지만, 그런 그의 모습은 친구들의 가슴을 아프게 했다. 너무 처절해서 꼭 송장 같았다. 그래서 친구들은 바이런이 자주 가는 느릅나무 밑을 바이런의 무덤이라고 불렀다. 바이런의 일생 중 가장 처참했던 시절이었다.

일 년여를 그러다가, 두 사람은 영원한 이별을 하기 위해 (이건 어디까지나 바이런의 일방적인 행동이며 생각이었다) 안네스리의 언덕에 섰다. 언덕을 스치고 지나가는 바람은 몹시 싸늘하고 차가웠다.

바이런에게 마리는 바람보다 더 차가웠다. 바이런은 떨었다. 그리곤 기껏 한다는 소리가, "마리, 이 다음에 만날 때는 당신은 아마 건강하고 멋진 마스터의 부인이 되어 있겠지요?" 하고 고개를 숙였다.

마스터는 마리가 좋아하는 청년이었다.

"예, 아마 그럴 거예요. 그렇게 되리라 믿어요."

마리의 대답에는 조금의 아쉬움도 근심도 괴로움도 없었다. 여전히 맑고, 밝고, 아름다운 별이었다. 어찌 그녀를 철이 없다 원망할 수 있겠는가!

바이런은 마음의 지주를 잃어버리고 안네스리의 언덕을 내려왔다. 그때가 열일곱 살, 꽃피는 봄이었다.

그 해 8월, 마리는 마스터와 결혼했다. 마리의 결혼 사실을 알려준 것은 바이런의 어머니였다. 어머니는 바이런의 마리에 대한 지극하고 애틋한 사랑을 알고 있었기 때문에, 충격을 덜 주기 위해 궁리를 거듭한 끝에 우습기 짝이 없는 묘안(이걸 묘안이라고 할 수 있을지는 몰라도, 어쨌거나 바이런은 훗날 그렇게 말했다)을 생각해냈다.

"조지! 넌 손수건이 몇 개니?"

"왜요?"

"아니 글쎄, 내가 너에게 해줄 말이 있는데 말이야, 그게 손수건이 필요하거든. 예쁜 걸로 몇 개 준비해 와. 꼭 필요하니까."

"무슨 일인데 그러세요, 어머니?"

"글쎄 어서 골라 오라니까."

영문도 모른 채 바이런은 어머니가 시키는 대로 서랍 속에서 깨끗한 걸로 몇 개 골라 어머니 앞에 가지고 갔다.

"어디 보자. 요게 좀 예쁘구나. 자, 요걸 네 눈앞에 받쳐 대라고."

"왜 그러세요, 어머니?"

바이런은 어머니의 행동이 이상해서 눈을 크게 뜨고 의미심장하게 물었다.

"자, 지금부터 이야기할 테니 마음 놓고 울어. 마리가 결혼

했다고!"

바이런은 킬킬대며 웃어버렸다.

어머니는 애써 평온을 가장하며 마리의 소식을 유머처럼 전해 주었다. 그렇다고 마음속 깊이, 고여 있는 그의 슬픔이 사라질까?

그는 마리가 결혼하고 마스터의 아기를 가져 배가 남산만 할 때도, 그녀를 단념하지 못하고 그리워하며 수십 편의 시를 지어 바쳤다. 그의 시 세계는 거기서부터 형성되었다.

사실 마리 챠워즈는 밉상은 아니었지만, 그렇다고 뛰어나게 매력적이고 잘난 여자도 아니었다고 한다. 말하자면 그녀는 바이런의 시 속에서 형상화되고 이상화된 천사였던 것이다. 바이런은 마리 자체를 사랑했다기보다는 머릿속에서 창조해 낸 시 속의 이상형을 사랑한 셈이다.

오늘 아니 배우고
내일 있다고 말하지 말라

勿謂今日不學而有來日

(물위금일불학이유내일)하라

주자(朱子) 여학문(勵學文)에
말하지 말라.
오늘 배우지 않고, 내일 있노라고.
말하지 말라.
금년에 아니 배우고, 내년이 있노라고.
일월(日月)은 가고
나이는 연기하지 않는다 하였다.

시간은 바람과 같이 사라진다.

Time passes like the wind.

앙드레 지드

1869년 프랑스 파리 출생

1807년 19세 말라르메 문하에서 상징파 작가로 출발

1947년 78세 노벨 문학상 수상. 소련 기행 후
영원한 부정자로 환원

1951년 82세 사망

주요작품

<좁은 문> <전원 교향곡> <지상의 양식> <배덕자>

꾀병쟁이 왕 따!

"마님, 큰일 났어요. 빨리 와 보세요."

하녀는 아래층에다 대고 소리를 질렀다. 이층 지드의 방을 청소하러 올라오던 하녀는 복도에 쓰러져 있는 도련님을 발견했던 것이다. 어머니는 황급히 계단을 뛰어 올라왔다.

"왜, 무슨 일이야?"

"아이고, 마님, 보세요! 도련님이 글쎄……."

"오! 맙소사!"

어머니는 하얗게 질렸다. 그건 발작이었다. 지드의 머리는 뒤로 한껏 젖혀진 채, 눈은 흰자위만 드러낸 채 뒤집혔고, 온몸은 경련을 일으키며 부들부들 떨고, 사지는 오그라들고 있었다.

어릴 적부터 몹시 허약하여 부모님께 걱정만 끼치던 지드였다. 끝내 이런 상태에 이르자 어머니는 어쩔 줄을 몰랐다.

"어서 침대로……."

두 여자는 지드를 침대에 누이고 팔다리를 주물렀다.

"앙드레! 정신 차려, 지드."

"정신 차리세요, 도련님."

그렇게 한참 소동을 벌이고 난 후 지드의 몸은 차츰 회복되는 듯했다.

지드는 이제 잠이 든 것 같았다. 어머니와 하녀는 병원에 연락하기 위해 아래층으로 내려갔다.

문이 닫히고 여자들의 발자국 소리가 사라지자 지드는 살며시 눈을 떴다. 그리고 한 숨을 내쉬었다.

"휴, 힘들구나!"

조금 전의 발작은 연기였다. 말하자면 졸도를 하는 연기였던 것이다. 그의 연기는 아주 능숙해서 연극은 보기 좋게 성공한 셈이었다. 그는 이제 완전히 자신이 생겼다.

발작의 형태와 방법도 여러 모로 연구했다. 자연 레퍼토리도 다양해졌다. 이제는 안심을 해도 될 것 같았다. 그는 무엇 때문에 어머니를 놀라게 하는, 기절하는 연기를 하는 촌극을 벌여야 했을까? 어머니를 생각하면 지드는 가슴이 아프고 몹시 수치스러웠다. 선량하고 마음씨 착한 어머니 앞에서 곧 죽을 것처럼 발작을 일으키는 연기를 해야 하는 자신이 죽도록 미웠다.

그러나 학교를 쉬기 위해서는 어쩔 수 없었다. 그것은 지옥 같은 학교를 벗어날 수 있는 최선의 방법이었다.

앙드레 지드는 1869년 파리에서 태어났다. 아버지는 파리 대학 법대 교수였다. 외아들인 그는 태어나면서부터 병약하여 부모님의 애를 태웠다. 그래서 과잉보호 아래 애지중지 길러졌다. 그래서 그런지 지드는 계집아이처럼 소극적이고 신경질적이었으며 섬세하고 예민했다. 대수롭지 않는 꾸중에도 눈물을 찔끔거리는 아주 소심한 아이였다.

몽펠리에 중·고등학교 시절이었다. 이 학교에서는 학생들이 두 패로 갈라져 서로 적대시했다. 구교도와 신교도, 즉, 가톨릭과 프로테스탄트(종교개혁에 의하여 일어난 루터, 캘빈, 즈빙글리 등의 기독교파) 파로 나뉘어 서로 으르렁댔는데, 지드는 어느 쪽에도 끼지 못했다. 그것은 그가 지나치게 소심한 데서 비롯된 일이지 다른 이유는 없었다. 그런데도 지드는 양쪽 모두에게 따돌림 당했다.

그는 외로웠다. 아무리 부당한 일을 당해도 당당하게 항의하거나 반항하지 못하고, 어수룩하고 기백 없는 소년이 지드였다. 급우들은 자기들끼리의 적대감정을 지드에게 터뜨렸다.

어느 날 그는 급우들에게 흠씬 두들겨 맞았다. 가톨릭 파는 가톨릭 파대로, 프로테스탄트 파는 또 그들대로 지드에게 건방진 녀석이라고 시비를 걸어왔다.

"그건 오해야. 난 그런 적 없어. 내가 왜 건방지게 굴겠어?"

"그런 적 없어?"

"그래, 난 억울해!"

지드는 친구들의 조소를 당하며 피투성이가 되도록 두들겨 맞았다. 교복마저 찢겨 너덜너덜하고, 몸은 곤죽이 되어 돌아왔다.

"오, 아들! 이게 무슨 꼴이냐? 무슨 일이야? 꼬락서니가 왜 이래?"

병약한 아들이라 애달픈 어머니는 눈만 휘둥그레 뜨고 할 말을 잃었다.

구타와 긴장과 상심으로 지드는 집에 돌아오자마자 앓아누웠다. 치료를 받으며 학교를 쉬는 며칠은 평화로웠다. 재미없는 수업을 듣지 않아도 되고, 괜히 못살게 구는 우악스런 급우들의 눈치를 보지 않아도 되었다.

지드의 상처는 어머니의 극진한 간호로 금방 나아버렸다. 다시는 가고 싶지 않은 지옥 같은 학교를 다시 가야했다. 그는 어떻게 하면 학교를 가지 않을까 고민했다. 그러다 생각해낸 것이 병의 후유증이었다.

"얘, 어때? 이젠 괜찮지?"

"네……."

지드는 억지로 대답하면서 침대에서 내려오다 비틀거렸다. 그리곤 손으로 이마를 짚었다. 어지러운 체했다.

"왜 그래? 응?"

"약간 어지러워요."

그는 쓰러질 듯 의자를 잡고 섰다. 얼굴은 찡그리고 몸은 경직시켰다. 눈을 꼭 감고 가쁘게 숨을 몰아쉬었다.

"안 되겠다. 아직 심한가 보구나. 더 누워 있으렴."

그는 이번엔 현기증이 심한 징후를 보이기로 했다. 어머니와 하녀는 번번이 속아 넘어갔다. 의사도 과로, 신경과민, 극도의 노이로제 등 되지도 않는 병명을 늘어놓았다. 지드의 연극은 아주 훌륭했다. 연극은 횟수를 거듭할수록 스릴이 있었다. 넘어져도 다치지 않을 장소를 물색해 두었다가 기절을 하는 연기를 했다.

그런 앙큼한 연기를 거듭한 결과, 지드는 드디어 그 지옥으로부터 완전히 벗어날 수 있었다. 나날이 좋아지는(?) 지드의 발작 연기 덕분에, 어머니는 휴학계를 낸 것이다.

"지드, 어쩔 수 없구나. 네 건강을 위해서 휴학을 할 수밖에……."

"그럼 학교는 못가겠네요?"

그는 학교를 그만두는 게 뛸 듯이 기뻤지만, 짐짓 서운하고 걱정스러운 듯 말했다.

"건강이 회복되면 다시 가도록 해 줄게. 네 건강이 우선이니까."

그는 결국 요양소로 보내졌다. 그건 생각지도 못한 일이었다. 거기서 무려 7년간을 가정교사 밑에서 공부했다.

인내는 쓰고, 그 열매는 달다.

루소

인내는 희망에 이르는 기술이다.

버브 <그날의 성찰과 잠언>

희망에 이르는 무기는
참고 견디는 것이다.
참는다는 것은
인생에 있어서
무엇보다 중요한 기술이다.

못 참을 걸 참는 것이 참는 것

공자가어(孔子家語) 독서록(讀書錄)

참을 수 없는 것을 **참고**,
용서할 수 없는 것을 **용서함**은,
오로지
남보다 식견이 ***뛰어난 사람***만이
할 수 있다.

남이 보통 참고 견디는 일쯤은 인내 속에 들어가지 않으며, 범인(凡人)이 못 참고 내던지는 순간을 참는 것이 진정한 인내라는 뜻이다.

작은 것을 참지 못하면 큰 목적을 놓친다.

논어(論語)

프란츠 카프카

1883년 체코에서 출생
독일계 작가. 유작에 의해 비로소 명성을 얻음.
현대 실존 문학의 선구자로 추대됨.
1924년 41세 사망

주요작품
<변신> <성> <심판>

망상에 시달린 정신병 환자

카프카는 매사에 자신이 없었고, 온갖 불안과 망상에 시달리며 소년시절을 보냈다. 걸핏하면 가위눌리기 일쑤고, 식은 땀을 흘리며 헛소리하기 예사였다. 그는 이런 식이었다.

"난 이번 입학시험에 떨어질 거야. 도저히 붙을 자신이 없어. 미끄러졌어. 틀림없이 낙방할 거야. 낙방한 게 분명해. 내 인생도 이제 끝장났군. 이제 막다른 길이야."

그러나 사실은 달랐다. 프란츠 카프카는 국립 엘리트 학교인 프라하 중·고등학교에 매우 우수한 성적으로 합격했고, 재학 당시의 성적도 보통 이상이었다. 숙제나 자기에게 주어진 모든 일과를 깔끔하게 해치우는 모범생이었다. 그런데도 카프카는 괜히 벌벌 떨면서 '누가 해코지나 하지 않을까, 부당하게 피해나 입지 않을까, 또 열등생이 되지나 않을까.'항상 전전긍긍했다.

공부에 열중하다가도 그는 무의식중에 이렇게 중얼거리는 우스꽝스러운 자신을 발견하곤 했다.
"분명히 낙제야. 1학년에서 낙제할 게 뻔해. 나는 계속 미끄러지기만 하다 1학년에서만 맴돌 거야. 2학년 진급은 영영 못할 지도 모르지. 아! 나란 놈은 글러먹었어. 발전이나 향상과는 거리가 먼 놈이야. 모든 게 글렀단 말이야. 분명해."

그러나 카프카의 성적은 여전히 상위였고, 교사들도 그의 우수한 성적을 높이 평가했으며 꼼꼼하고 착실해 타의 모범이 되었다.
모든 일이 순풍에 돛단 듯 순조로운 데도, 그는 항상 지은 죄도 없이 추적당하는 범죄자처럼 쫓기고, 위협 당하고, 쥐어뜯기고, 피해만 입고, 낙오되는 피해망상증에 시달렸다.
이 불안은 카프카의 유년시절에 비롯된 것이라 한다.

카프카가 어렸을 적, 그러니까 초등학교 일이학년쯤의 일이었다.

카프카는 날마다 하녀를 대동하고 학교를 다녔다. 그런데 그 하녀가 어찌나 무섭게 굴었는지 어린 카프카에겐 마녀 같은 존재였다. 몸집은 카프카의 열 배는 되어보였고, 큰소리로 으르렁거릴 땐 무서워서 오금을 펼 수 없었다.

하녀는 가족들의 이목이 있는 집에서는 아무소리도 못하고 카프카에게도 곱살 맞게 굴었다. 그런데 어쩐 일인지 대문 밖에 한 발짝만 나서면 눈을 부릅뜨고 위협을 하곤 했다. 그것은 어린 카프카에게는 학대에 가까웠다.

카프카는 그런 그녀가 무서워 집에서나 학교에서나 잔뜩 주눅이 들어 움츠러들 수밖에 없었다. 그런 하녀의 행동을 아버지께 이르고 싶었지만, 날마다 그녀의 손에 이끌려 학교를 오갔기 때문에 그럴 수도 없었다. 지금도 이렇게 끔찍하게 구는데, 만약 자신의 고자질로 그녀가 아버지께 야단이라도 맞게 되면 얼마나 더 무섭게 굴까? 아버지께 꾸중을 들은 그녀가 다음 날 어떻게 나올지 두려워 그럴 수가 없었다. 생각만 해도 소름이 끼쳤다. 하녀는 카프카에게 학교에 갈 때마다 자기 말을 듣지 않으면 집에서의 버르장머리가 얼마나 안 좋은지 선생님께 일러바치겠다고 으르렁거렸고, 집으로 돌아올 때는 학교에서 카프카의 행실이 얼마나 못되었는지 아버지께 일러바치겠다고 으름장을 놓았다.

그럴 때의 그녀는 꼭 성난 불도그 같았다. 카프카가 생각하기에 자신은 고양이 앞에서 발발 떠는 생쥐 꼴이었다. 어쨌든 카프카는 하녀가 무서웠다.

사실 카프카는 행실이 나쁜 아이는 아니었다. 약간 내성적이고, 고집이 세고, 무뚝뚝하기는 했지만 성질이 고약하고 나쁜 아이는 아니었다. 오히려 품행이 바른 편이었다.
그런데 카프카는 하녀의 위협이 무서워 그녀의 말이 떨어질 때마다 무조건 잘못했다고 싹싹 빌었다. 그는 빌기만 하는 게 아니라, 멋대로 상상하며 벌벌 떨었다. 카프카는 하녀의 고자질로 아버지가 내릴 벌을 상상하며, 선생님께 받을 불호령을 예상하며 떨었다.
그러나 하녀는 한 번도 아버지나 선생님께 이르지 않았다. 따라서 한 번도 벌을 받은 일도, 불호령을 들은 적도 없었다.

그러나 어릴 적에 생성된 불안감은 그대로 신체의 발달에 맞춰 커져갔다. 그렇게 커진 불안감은 급기야는 그의 의식마저 지배했다.

수업이 끝나고 교무회의가 시작되면 카프카는 교무실을 기웃거렸다. 혹시 자기를 퇴학시키자는 회의가 진행되고 있는 건 아닌가하고.
"어쩌면 날 퇴학시키려고 회의를 여는지 몰라. 나는 학생으로서 능력도 없고 세상물정도 모르는 바보니까. 틀림없어. 난 이 학교에 불필요한 존재야. 선생님들이 그걸 눈치 챘을 거야. 내가 없어져도 이 학교는 잘 굴러갈 거야. 나 따윈 안중에도 없을 거야. 오히려 나 같은 놈은 없어지는 게 더 편할 거야."
그는 다음 날 아침 교문 옆 벽보판에 자기 이름이 붙은 것을 상상했다. '낙제생 프란츠 카프카. 꼴찌 카프카. 위 학생은 본교에 필요치 않은 사람이므로 퇴학을 명함.'이라는 문구까지 상상해냈다. 그리고는 전교생의 따가운 시선이라도 받는 것처럼 안절부절 못했다.

"아아, 내 꼴 참 우습군! 그들은 침을 뱉고 내 뒤통수에 주먹을 먹여대겠지. 그리고 평소 나를 미워하던 녀석들은 박수를 치며 환호성을 지를 거야."

그러나 그의 성적은 항상 우수했고, 태도도 역시 언제나 모범생이었다. 친구들은 아무도 그를 미워하지 않았고, 선생님들도 그를 아껴주었다. 이렇게 별 탈 없이 그는 졸업했다.

그러나 그의 불안은 청년이 되어서도, 장년이 되어서도 마찬가지였다.

어쩌면 그는 현대인의 생리를 한 몸에 지니고 태어난 작가였는지도 모른다. 그래서 그런지 그는 나중에 자신감을 가지고 당당하고 쾌활하게 생활하려 했다. 그러나 그가 자신감을 갖고 확신에 차 하고자 한 일은, 꼭 끝에 가서 예기치 못했던 불상사가 일어나 몹시 당황하고 실망했다. 반면 그가 미리 겁을 잔뜩 먹고 노심초사한 일은 술술 잘 풀렸다.

이 불안은 그의 문학에서, 상황전달이나 심리묘사에 잘 나타난다. 뿐만 아니라 이 불안은 카프카 문학 전체를 상징하는 단어가 되어버렸다. 그것은 그대로 카프카의 삶이었다.

그는 죽을 때까지 이 불안의 그늘에서 벗어날 수 없었다. 사십이 다 되어가는 나이에 쓴 일기에서조차 사춘기적 망상에 사로잡혀 있음을 알 수 있다.

그는 평생 독신으로 지냈는데, 이유는 마누라라는 존재 자체가 무서워서였다고 한다. 이렇게 말할 정도로 매사에 공포를 느끼며 살았다.

"나이 사십에 윗입술 밖으로 덧니가 드러난 노처녀와 결혼할지도 몰라. 파리와 런던에 살던 K양의 앞니는 무릎이 튀어나온 다리처럼 약간 튀어나와 있거든. 그러나 난 사십까지 못살지도 모르지. 나의 두개골 한 쪽이 긴장하는 것 같아. 그것이 내 수명이 짧을 것을 말해 주는 것 같아. 나는 정신적으로 한센 병(문둥병)에 걸려있단 생각이 들어. 그것은 그냥 보기만 해도 불쾌감을 주기 때문에 도외시하고 싶지만 잘 안 돼. 그것은 교과서에 그려져 있는 두개골 해부도 같은 인상을 주기도 하고, 날카로운 칼을 들어 뇌를 둘러싼 종잇장 같은 피막을 얇게 저며 내는 것 같아. 냉정하고 조심스럽게, 칼로 자르다가, 잠깐 멈췄다가, 다시 떼 내며 해부하는 것처럼 느껴져. 난 잠을 이룰 수가 없어. 연이어 사흘째야. 잠을 자려고 하지도 않는데, 이미 난 잠에게 배신당한 것 같아. 이런 상태로 온 밤 내 시달리다 새벽녘에야 겨우 잠들었는가 싶으면, 이젠 꿈과의 전투에 전력을 다해야 해. 수면의 마지막 자취마저 꿈속으로 빨려 들어가는 거야. 꿈을 꾸는 건 불면보다 더 힘들어. 요는 난 밤새 이렇게 지낸다는 거야. 아니, 평생을 이렇게 보내는 거지."

그것이 그의 천성인지, 유년시절의 공포가 시발점이 되어 연장선상에 있는 것인지, 카프카의 전기에도 그것은 분명하게 밝히지 않고 있다. 정신적인 불안 때문에 평생 밝은 기분을 맛볼 수 없었던 이 불행한 천재는 작품에서만은 용기백배했었다. 그는 작품을 쓸 때, 줄곧 한 자리에 앉아, 공포감을 털어내고 환희를 맛보다, 다리가 굳어 책상 밑에서 빼낼 수 없을 만큼 열중했다. 그래서 카프카의 인생을 둘러싸고 있는 이상한 공포와 환상을 그대로 그려낼 수 있었다. 이런 열정은 세계 문학사의 꺼지지 않는 불꽃이자 카프카의 생명이었다.

운명은
그자체가 행복도 불행도 아니다.

운명은 다만
그 재료와 종자를
우리에게 제공할 뿐이다.
어떻게 처리하느냐에 따라
불행의 요소가
오히려 행복을 가져올 수도 있고,
행복의 요소가
오히려 불행의 씨앗이 되는 수도 있다.

운명은 항상 성공의 요소를 담고 있다.

세르반테스 <돈키호테>

오늘의 잔혹한 운명도
내일은 성공의 발판이 될 수 있다.
즉 오늘 실패한 사람도
내일은 성공할 수 있다.

인간은 운명에 도전한다. 한번은 모든 것을 바치고 몸을 위험 속에 내던지지 않으면 안 된다. 몽테를랑 <투우사>

볼프강 아마데우스 모차르트

1756년 오스트리아 찰스부르크에서 출생
1762년 6세 빈과 뮌헨에 연주여행
1791년 35세 사망

주요작품
<마술피리> <피가로의 결혼> <돈 조반니>

여섯 살에 공주에게 구혼한 음악 천재

보통 아이라면 엄마 젖가슴만 만질 나이인 세 살에 벌써 음악을 이해했고, 다섯 살에는 작곡을 했으며, 여섯 살에는 오스트리아 대도시 순회공연을 할 만큼 대단했던 모차르트는 천재나 신동이라기보다는 기적을 행하는 존재라고 하는 게 옳을 것이다.

하늘이 내린 천재인 꼬마는 음악적 감성 못지않게 사랑에도 밝아 여섯 살에 구혼할 만큼 조숙했다. 모차르트는 학교엔 발을 디뎌본 적이 없다. 학교에 갈 필요가 없었다.

학교에 가지 않은 건 집이 가난해서도 아니고, 공부가 싫어서도 아니었다. 비범한 두뇌의 소유자인 소년은 아버지가 슬쩍 가르쳐주기만 해도 얼마든지 터득할 수 있었기 때문이었다.

그는 참 머리가 좋았다. 모차르트는 읽기, 쓰기, 셈하기, 악보 읽는 법, 바이올린, 비올라 연주법까지 이론과 실기 모두 아버지에게 배웠다. 물론 외국어까지도. 모차르트는 슬렁슬렁 놀면서도 이런 것들을 빠짐없이 습득했다.

이렇게 기막힌 천재적인 소질을 지닌 모차르트는, 음악가였던 아버지 레오폴드 모차르트의 가르침을 받아 천재적인 음악가로 부각되었다. 오스트리아 전 지역에서 이 꼬마 천재를 보려고 앞 다투어 초청연주회를 마련하곤 했다. 어린 모차르트는 장난감을 가지고 놀 새도 없이 연주 여행을 다녔다. 조국 오스트리아는 물론 전 유럽의 사정에 정통했다. 유럽 각국의 궁전은 특히 모차르트의 단골 살롱이었다.

그 중에서도 모차르트는 빈 궁전의 마리아 테레지아 여왕의 총애를 한 몸에 받았다. 이 마리아 여왕은 모차르트를 무릎에 앉히고 볼을 쓰다듬어 줄 만큼 귀여워했다.

모차르트는 어느 날 연주를 하기 위해 빈에 도착했다. 빈에 도착하자마자 궁으로 들어오라는 명령이 아닌 초대를 받았다. 물론 모차르트는 여느 손님 못지않은 환대를 받았다. 모차르트는 여왕의 품에 안겨 여왕에게 냅다 키스를 퍼붓기도 하였다.

문제는 만찬이 끝나고 여왕 앞에서 연주를 할 때였다. 여왕의 무릎에 앉아 마음대로 키스를 할 만큼 대단한 꼬마 연주자가 왠지 몹시 긴장하는 모습을 보였다. 사람들은 아무리 천재라도 어린아이이기 때문에 여왕 앞이라 긴장한 모양이라고 생각했다.

어쨌든 모차르트는 당대의 누구보다 훌륭한 연주를 했다. 그런데 연주를 끝내고 피아노에서 막 물러나오던 모차르트는 그만 미끄러져 넘어지고 말았다. 홀의 바닥이 미끄러울 만치 반짝반짝 윤이 나게 닦여져 있었던 건 사실이었다. 그러나 모차르트가 넘어진 진짜 이유는 다른 데 있었다. 나이는 어렸지만 연주를 한두 번 한 것도 아니고, 궁전의 여왕 앞에서 처음 연주하는 것도 아니었다. 여왕 앞이라고 주눅들 모차르트도 아니었다.

그가 얼이 빠진 이유는 마리아 테레지아 여왕의 딸, 그러니까 공주를 보고서였다. 아름답게 물결치는 블론드 헤어, 눈처럼 깨끗하고 고운 피부, 진주알을 연상케 하는 빛나는 눈동자, 장미 꽃잎 같은 붉고 윤기 나는 입술, 나비처럼 가볍고 우아한 몸짓…….

모차르트는 이 아름다운 공주를 보고 첫눈에 반해버린 것이었다. 이 공주가 바로 프랑스의 왕 루이 16세와 정략 결혼하여 사치와 향락을 일삼다가 단두대의 이슬로 사라진 마리앙투아네트였다. 훗날엔 세기의 악녀로 불렸지만, 어쨌든 그녀는 그렇게 아름다웠고, 여섯 살 천재 음악가의 마음을 뒤흔들어 버렸다.

그런데 모차르트가 막 일어서려 할 때, 그의 곁으로 재빨리 다가온 사람은 바로 앙투아네트 공주였다. 공주는 다가서서 모차르트에게 손을 내밀었다. 공주를 본 모차르트는 넋을 잃고 말았다. 눈앞에 선 공주의 모습은 멀리서 보았을 때보다 훨씬 더 황홀했기 때문이었다.

모차르트는 그 자리가 어딘지도 잊은 채, 사람들이 모여 있다는 것도 잊어버린 채, 얼굴을 붉히며 프러포즈를 하고 말았다.

"공주님! 저와 결혼해 주십시오!"

공주는 일곱 살이었고, 모차르트는 여섯 살이었다.

그러나 모차르트는 그날 밤 이후 공주를 다시 만날 수 없었다. 그는 그 이후로 계속 유럽 각지를 다니며 연주여행을 강행해야 했고, 공주는 열한 살에 정치의 희생물이 되어 프랑스 황태자와 정략결혼 했다. 그녀의 아르다움을 미끼로 한 정치의 음모에 모차르트의 첫사랑은 무참히 깨져버렸다.

모차르트의 연주 여행은 길고 길었다. 스물다섯에 빈에 정착할 때까지 무려 이십여 년을 아버지 손에 이끌려 다녔던 것이다.

여행 중에 모차르트는 악기뿐만 아니라, 교양과 학문도 쌓고, 작곡에도 열의를 보였다. 짧은 생애였음에도 불구하고 자그마치 육백여 곡이나 되는 작품을 내놓았다. 교향악, 실내악, 가극 등을 18세기 독일, 프랑스, 이탈리아의 지명을 따서 정리하는 형식으로 많은 작품을 발표했다. 또 고전파 악곡의 형식을 완성하기도 했다.

모차르트는 어떤 일에도 거침이 없었던 만큼 비위에 거슬리는 사람에게는 악담도 서슴지 않았다. 그가 스물두 살 때였다. 프랑스뿐 아니라 전 세계 지식인들의 존경과 숭배를 한 몸에 받던 볼테르가 죽었을 때, 모차르트는 '저 끔찍하고 소름끼치는 대 악당이자 무신론자인 볼테르가 미친 개 새끼 같이 꺼꾸러진 것은 바로 천벌이 내린 증거다'라고 욕을 했다.

그로 인해 모차르트는 한때 볼테르를 경배하던 사람들 때문에 곤욕을 치러야 했다. 장년이 되어서도 모차르트는 상대가 누구건 마음을 그대로 내보였다. 이것은 어릴 적, 공주에게 구혼을 한 것만 봐도 짐작이 가는 일이었다. 제아무리 철없는 어린아이라도, 제아무리 뛰어난 연주자라 할지라도, 여왕의 안전에서 대뜸 구혼할 수 있는 직선적인 성격…….

그런 그의 성품을 많은 사람들은 진실이라 표현했다. 그래서 그는 훌륭한 예술가라고 칭찬을 아끼지 않는다. 그리고 칭송했다. 명예, 권력, 금전, 계급 따위를 넘어선 순수한 예술정신이라고.

아무 것에도 구애를 받지 않는 소년의 눈에는, 상대가 계급이 다른 공주라 힐지라도 아름다운 한 여자로밖에 보이지 않았을 것이다. 아무리 위대한 학자라 해도 그저 한 인간으로 보였을 것이다.

그래서 그는 가장 진실하고, 진실하게 살다간 진정한 음악가였는지도 모른다.

노생(盧生)의 꿈

*인생의 흥망성쇠가 허무함*을 가리킨 말로 이에 대한 고사는 당(唐)나라 때의 소설 침중기(枕中記)에 나온다. 노생(盧生)이란 소년이 출세해서 마음껏 호강을 누리는 꿈 이야기인데, 인생사가 결국 일장춘몽과 같다는 비유다.

노생이 잠들기 전에 여 옹(呂 翁)이 수수밥을 찌고 있었는데, 그것이 아직 밥이 되지 않을 만큼 짧은 시간이었다 한다. 여 옹은 웃으며 말하기를 '인생이란 다 이런 것이네.'하였다. 그래서 일취(一炊)의 꿈이라고도 한다. 즉 밥 한 끼 짓는 짧은 사이 같은 것이 인간이 애태우는 영고성쇠(榮枯盛衰)라는 뜻이다.

노생은 어느 부유한 집에서 머슴살이를 하고 있었는데, 하루는 그 집에 온 도사 여 옹에게 자기의 불우한 환경을 하소연했다. 그러자 여 옹은 부대 속에서 베개 하나를 꺼내 주며, '이것을 베고 잠시 누워 보거라. 그러면 너의 소망대로 영달하게 될 것이다' 하였다. 노생이 그 베개를 베고 잤더니 갑자기 고관대작의 딸한테 장가를 들어 진사시험에 급제하고, 공작의 벼슬에 올라, 30여 년간에 걸쳐 영화의 극치를 다한 생활을 즐겼다. 그런데 문득 깨어보니 모두 꿈이었다.

프란츠 슈베르트

1797년 오스트리아 빈 출생
1808년 11세 콘빅트 중학교 입학
1814년 17세 부친이 재직하던 초등학교 준교사로 재직
1821년 24세 가곡집 일곱 권 출판
1828년 31세 장티푸스로 사망

작품집
<겨울 나그네> <아름다운 물레방앗간의 처녀> <아베마리아> 등이 있음

우정 어린 친구를 둔 가곡의 왕

31년이란 짧은 생애를 살다간 슈베르트는 무려 600여 곡이나 되는 많은 가곡을 썼다. 위대한 인물들이 대부분 그랬듯 슈베르트도 가난에 찌든 채 추위에 떨며 지냈다.

군것질은커녕 따뜻한 외투를 사 입는 것은 꿈도 못 꿨다. 오선지를 살 돈조차 없어 휴지쪼가리에 악보를 그릴 정도였다. '오선지가 있었으면……. 오선지가.'라고 중얼거리며 창밖을 보는 소년의 눈에는 눈물이 그렁그렁했다.

동글동글하고 귀여운 얼굴, 툭 튀어나온 입술, 곱슬곱슬한 머리, 거기다 안경까지 쓰니 어딘지 부적절한 조화다. 이런 모습의 소년이 난방장치도 되어 있지 않은 콘빅트 중학교 기숙사에서 종일 웅크리고 앉아, 샘물처럼 솟아나는 악상을 주체할 길 없어 눈물까지 흘리는 것이었다.

아버지는 리히텐타르 초등학교 교장선생이었다. 형도 교직에 종사하고 있었다. 말하자면 교육자 집안이다. 아버지는 슈베르트도 선생이 되기를 바랐다.

그러나 소년 슈베르트는 학과공부에는 전혀 관심이 없었다. 그의 머릿속에서는 그저 아름다운 곡조만 끊임없이 흘러나왔다. 그러니 연습장이고 노트고 죄다 악보일 수밖에 없었다.

그런데 아버지의 뜻은 달랐다. 자신이 선생인 만큼 아들의 재능을 인정하지 않는 것은 아니었으나, 재능보다는 학과공부를 열심히 하기를 바랐다. 시대를 막론하고 선생들이란 일단 학생이라면 열심히 공부를 해야 흡족해 한다. 우선은 학과에서 높은 점수를 따야 인정한다. 성적이 좋으면 어지간한 실수는 너그럽게 용서하지만, 제아무리 천재적인 재능을 가졌더라도 학과에 충실하지 않으면 눈살을 찌푸리는 게 선생이다. 시험으로 인간을 평가할 수는 없다. 시험은 인간을 평가하는 절대 기준이 아니다. 다만 학과공부를 다른 사람보다 얼마나 더 많이 했는지를 재는 상대평가 도구일 뿐이다. 그런 상대적인 평가를 높이 받으려면 우선 학생은 공부를 잘하고 볼 일이었다.

그런데 슈베르트는 아예 학과공부는 거들떠도 안보고 작곡을 한답시고 깝죽댔다. 아들이 학과공부를 까먹는 걸 예사로 알고 있으니 깐깐하고 고지식한 아버지 교장선생의 눈에 예쁘게 보일 리는 천부당만부당했다.

결국 아버지는 아들에게 '작곡 금지'령을 내렸다. 만약 또다시 작곡이나 오선지 운운했다가는 돈줄을 끊어버리겠다고 으름장을 놓았다.

애초부터 명문귀족도 아니고, 상류 부호도 아닌, 평범한 초등학교 교장의 아들로, 그저 그런 생활을 해왔다. 말하자면 생존을 위한 최소한의 소비뿐이었다. 그런데도 막상 돈줄이 끊기고 보니 현실은 암담했다. 물론 아버지의 고의였지만 어린 슈베르트에겐 가혹한 형벌이었다. 춥고, 배고프고, 외롭고, 고달팠다. 그 중에 가장 견디기 힘든 것은 오선지 살 돈이 없는 것이었다.

"아버지께 작곡을 그만두고 공부만 열심히 하겠다고 맹세하고 돈을 타올까? 그런다고 아버지의 마음이 금방 누그러지기나 할까? 안 될 거야. 아버지는 아마 성적표를 보시고 야단만 치실 거야. 이 참에 차라리 학교를 때려치워버릴까? 안 돼. 그럴 수는 없지. 그러면 아버지는 너무 크게 실망하실 거야. 어떻게 해야 되지? 맞다! 바로 그거야. 형에게 사정해 보는 거야."

열다섯 살의 슈베르트는 형에게 편지를 쓰기 시작했다.

"존경하는 형님. 형님께 부탁이 있습니다만……. 물론 형님도 형편이 안 좋으리란 건 알고 있습니다. 그러나 전 형님께 이런 부탁을 드리지 않을 수 없군요. 조금만 도와주십시오. 아버지께서 보내주시는 용돈은 금방 바닥이 나버립니다. 왜냐하면……."

여기까지 썼을 때 슈베르트의 등 뒤에서 인기척이 났다. 슈베르트는 깜짝 놀라 쓰던 편지를 얼른 감추고 뒤를 돌아보왔다. 거기엔 언제 들어왔는지 슈파운이라는 친구가 커다란 봉지를 한 아름 안고 빙그레 웃으며 서 있었다.

“웬일이야, 슈파운?”

“날씨가 너무 추워 어떻게 지내나 궁금해서 와봤어. 이거 먹으라고.”

슈파운은 과일이며 빵 등 먹을 것을 봉지 가득 담아가지고 왔다.

“어서 먹어.”

“그래.”

슈베르트는 친구의 우정에 목이 메어 선뜻 목구멍으로 넘길 수가 없었다. 이런 걸 살 돈이면 오선지를 얼마나 살 수 있을까 생각하니 더더욱 그랬다. 도로 가져가 오선지와 바꾸고 싶었다.

“너 또 오선지 생각하는구나. 어서 먹어. 이거 먹고 오선지 사러 가자. 궁색하긴 나도 마찬가지지만 오선지 살 돈이야 있지. 서슴지 말고 얘기해. 언제든.”

“고마워, 정말 고마워. 난 훌륭한 작곡을 할 거야.”

“암, 그래야지. 슈베르트는 작곡을 하기 위해 태어난 인간이라고 난 믿고 있지.”

마지못해 학교는 계속 다녔다. 그러면서 작곡에만 집중했다. 슈베르트는 날마다 미친 듯이 오선지 위에 펜을 굴렸다.

가까스로 교직과정을 수료한 슈베르트는, 아버지의 강압에 못 이겨 아버지 학교에 준교사로 재직하게 되었다. 그 때 그는 이미 C장조의 교향곡을 완성해 놓고 있었다.

선생노릇을 하려고 학교에 들어오긴 했으나 그는 아이들을 가르치는 데는 영 소질이 없었다. 어린아이들을 지도할 능력도 없었을 뿐더러 교직 생활에 아무런 흥미도 없었다. 그는 오로지 작곡에만 미친 열일곱 살 소년이었다.

그는 아이들이 수업 중에 무엇을 하든 상관하지 않고 작곡에만 열중했다. 그렇게 교직생활을 하며 엮은 것이 <들장미>라는 곡이었다.

웬 아이가 보았네.
들에 핀 장미 꽃
갓 피어난 어여쁜…….

이런 슈베르트를 본 아버지는 '이대로 두었다간 큰일 나겠다'고 궁여지책을 짜 낸 것이 몇 개월간의 유급휴가를 보내는 것이었다. 그러나 아들은 영영 학교로 돌아오지 않았다. 아예 도망을 쳐버렸다.

한편 그의 친구 슈파운은 학교에 얽매여 전전긍긍하는 슈베르트를 보며 안타까웠다. 대 음악가가 저렇게 살다니…….

슈베르트가 휴가를 받았다는 소식을 듣고, 그 일을 계기로 집과 완전히 떼어놓았다. 돈 많은 친구 쇼벨의 하숙집으로 데려갔다. 거기에 완전히 정착하여 작곡에만 전념토록 했다. 그리고 '슈베르티아데'라는 슈베르트 후원회를 조직하여 끝까지 돕기로 했다.

여기서부터 슈베르트의 음악 인생은 본격적으로 전개되었

다. 경제적으로 풍족하지 못했던 슈베르트에게 일생동안 커다란 힘이 되었던 '슈베르티아데'는 우정의 상징으로서 지금도 문화사에서 빛난다.

슈베르트는 아침 일찍 일어나 작곡을 시작, 오후까지 하다가, 저녁때가 되면 거리로 나가 산책도 하고, 친구를 방문하기도 했다.

어느 날 슈베르트는 친구를 찾아갔다. 마침 그 친구가 외출중이어서 방에 들어가 기다리기로 했다. 기다리며 방을 둘러보다 시집 한 권을 발견했다. 그는 아무 말도 않고 그 시집을 가지고 와버렸다.

이튿날 아침, 그 친구가 슈베르트를 찾아왔을 때, 그 시집의 시들 중 일부는 이미 훌륭한 노래로 바뀌어 있었다. 그는 하룻밤에 몇 곡씩 작곡할 수 있는 천재였다. 그것도 불후의 명곡을.

그러나 그가 살아있는 동안은 아무도 그의 천재성을 인정해주지 않았다. 그저 슈베르티아데와의 돈독한 우정이 있을 뿐이었다.

어둡고, 쓸쓸하고, 슬픈 뮐러의 시 '겨울 나그네'도 이런 그의 생활을 그대로 반영한 아름다운 노래였다. 지금의 우리는 그의 '겨울 나그네'를 사랑하지만, 그는 살아서는 이런 영광스러운 날을 갖지 못했다. 외로움과 가난 속에서 살다 31년의 짧은 생을 마치고 말았다.

<백조의 노래>는 그가 죽은 후, 친구들에 의하여 정리되어 출판되었다. 그의 7번 교향곡이 처음으로 공연된 것은 그가

죽은 지 7년만의 일이었다. B단조 미완성 교향곡이 연주된 것은 그의 사후 무려 31년이란 긴 세월이 흐른 후였다. 그를 아끼던 슈베르티아데도 이미 흩어져버리고 난 뒤였다.

연주회다운 연주회 한 번 가져보지 못하고, 자기 작품이 수많은 박수갈채를 받으며 공연되는 것 한 번 보지 못하고 눈을 감은 불행한 음악가였다. 그러나 그는 누구보다 훌륭한 친구를 가진 행복한 천재였다. 슈베르티아데가 아니었으면 그가 작곡한 보물들은 어떻게 되었을까? 그는 지금 무덤 속에서나마 슈베르티아데에게 감사하고 있지 않을까?

초토(焦土)의 꿩 새끼와 밤의 학(鶴)

자식을 생각하는 부모의 애절한 마음을 뜻한다. 꿩이 새끼를 낳아 품에 따뜻하게 안고 있을 때 들불이 일어나 깜짝 놀라 달아났지만, **새끼 생각을 하고** 불속에 뛰어들어 ***타 죽는 일이 많다***한다. 백낙천(白樂天)의 시구(詩句)에 '밤의 학은 **새끼를 생각하고,** ***농중(籠中)에서 운다.***'하였다. 새끼와 떨어져 있는 학은 깊은 밤에 자지 않고, 새끼가 그리워 운다고 한다. 초토는 불에 타 검게 그을린 땅을 말하고, 농중은 삼태기 속이라는 뜻이다.

슈베르트

비둘기에게
삼지(三枝)의 예절이 있다.

새끼 비둘기는 어미 비둘기보다 세 가지 아래에 앉는다고 한다. 학우초(學友抄)에'까마귀는 얻은 음식을 갚을 줄 알고, 비둘기는 삼지의 예절이 있다.'고 하였다.

프리데릭 쇼팽

1810년 폴란드 제라쥬에서 출생
1818년 8세 에이로에츠 음악회에 데뷔
1828년 18세 베를린 여행
1829년 19세 빈 여행. 연주회 성공
1831년 21세 파리 여행
1848년 38세 프랑스 혁명으로 영국 런던에 망명
1849년 39세 다시 파리로 돌아와 파리에서 사망

미사를 망치며 즉흥곡을 연주한 애국소년

피아노의 시인이라 일컬어지는 프리데릭 쇼팽은 소년시절부터 교회에서 찬송가나 미사곡을 연주했다.

그는 악상(樂想)이 너무 풍부했던 나머지, 찬송가를 연주하다가도 돌연 즉흥곡을 마구 두들겨 대, 신도들에게 맞아죽을 뻔 했던 일이 한두 번이 아니었다. 엄숙하고 경건하게 찬송하는데, 생뚱맞게 제멋대로 흥에 겨워 건반을 두들기니, 신도들은 기가 막힐 노릇이었을 것이다. 그럴 때마다 혼쭐이 나면서도 쇼팽은 넘치는 악상을 주체하지 못해 또 다시 제멋대로 건반을 두들겼을 것이고.

맑게 갠 일요일 아침, 멸망해가는 조국의 평화와 독립을 위하여 제라쥬 마을 교회에서는, 여느 때와 마찬가지로 경건하고 간절한 기도 소리가 나직나직 들렸다. 사람들의 마음속에는 러시아를 비롯한 강대국들 틈바구니에서, 외국 군대의 포위와 감시를 받으며, 사지가 찢기듯 분할되어 가는 조국 폴란드에 대한 뜨거운 애정이 깃들어 있었다. 용감한 애국자들은 총칼을 들고 분투했지만 패했고, 폴란드 땅은 자꾸만 피로 물들어갔다.

아름다운 화음을 내기 위해 손가락 사이를 벌리는 기계를 손가락에 끼우고 아파서 끙끙거리는 천재 피아니스트의 연주에도, 누구 못지않은 조국에 대한 사랑이 깃들어 있었다.

그는 교회에서 찬송가나 미사곡을 연주하다가도, 자기도 모르게 샘물처럼 솟아나는 조국에 대한 사랑을 피아노로 옮기고 말았다. 강하면서도 아름다운 곡조들 속에는 허물어져가는 조국에 대한 안타까움이 절절히 배어있었다.

그의 연주는 듣는 이의 마음을 사로잡아, 조국에 대한 간절한 기도로 이어지게 했지만, 엄숙하고 경건해야할 교회에서는 안 될 일이었다.

그날도 쇼팽은 미사에서 찬송가를 반주하기 위해 제라쥬 교회로 갔다.

"오늘 성가대의 피아노 연주는 프리데릭 쇼팽이 맡겠습니다."

기도를 마친 목사가 일어나 신도들에게 엄숙히 말했다. 그러자 사람들의 눈은 전부 쇼팽에게로 쏠렸다. '저렇게 어린 놈이 어떻게' 하는 눈초리였다.

열네 살의 쇼팽은 사람들을 향하여 절을 꾸벅하고는 피아노 앞으로 가 앉았다.

미사가 시작되었다. 항상 해온 미사였는데 그날은 유난히 아름다운 선율이 실내에 흘렀다. 사람들의 마음은 저절로 피아노 쪽으로 기울어갔다.

그런데 갑자기 피아노 소리가 뚝 끊기고, 실내는 삽시간에 무겁고 혼란스런 침묵이 흘렀다. 사람들은 제각기 의문의 눈초리를 프리데릭에게 보냈다. 쇼팽은 교회의 높은 천정 한구석에 시선을 고정한 채 그림처럼 앉아 있었다. 목사는 당황하여 피아노 앞에 앉은 쇼팽 옆으로 다가갔다.

그 때였다. 죽은 물고기처럼 건반 위에 놓여 있던 쇼팽의 손가락들이 갓 건진 물고기처럼 파닥거리며 춤을 추기 시작했다. 그 곡은 너무 아름다웠다. 사람들은 한동안 넋을 놓고 소년의 즉흥곡에 빠져버렸다.

거기는 피아노 독주회장이 아니라 교회였기에 목사는 화가 나서 소리쳤다.

"프리데릭! 지금 뭐하는 거냐?"

쇼팽은 정신이 번쩍 들었다. 피아노 소리는 그쳤다. 즉흥환상곡에 취해 있던 사람들도 자연 깨어났다.

"이게 무슨 짓이냐? 미사 중임을 잊었단 말이냐? 여기가 어디라고 감히……. 넌 언제부터 하나님을 모독하는 오만한 인간이 되었단 말이냐!"

"죄송합니다. 목사님!"

그제야 사람들은 쇼팽에게 몰려들어 비난하고 나무라기 시작했다. 배신자, 반역자, 하나님을 모독한 나쁜 놈. 신성한 미사를 망쳤다고 주먹이 날아왔다.

“프리데릭, 어서 도망쳐, 빨리!”

그런 아수라장에서 쇼팽을 구해낸 것은 친구 티스였다. 프리데릭은 친구의 손을 잡을 겨를도 없이 뛰쳐나왔다. 그리곤 마구 도망을 쳤다.

“도망간다. 저 녀석을 잡아라!”

도망치는 프리데릭의 뒤에는, 평소 얌전하게 모으고 기도하던 손이 그를 잡으려는 갈퀴처럼 따라오고 있었다. 끔찍한 반역자를 잡아 죽이려는 성난 군중들 같았다.

어쨌거나 쇼팽은 안전하게 피신했다. 이마에 흐르는 땀을 훔치고, 겨우 한숨을 내쉬었다.

“힘들다, 힘들어. 근데 티스는 어디 있지?”

그제야 쇼팽은 친구 생각이 났다. 걱정이었다. 그러나 교회로 되돌아갈 수는 없었다. 쇼팽은 속이 상해 눈물이 날 것 같았다. 조금 있으려니 티스가 숨을 헐떡이며 달려오는 게 보였다. 그의 옷은 갈기갈기 찢어지고, 얼굴은 부어터지고, 온 몸은 피투성이였다. 반가움과 미안함에 쇼팽은 뛰어가 티스를 얼싸 안았다.

“어떻게 된 거야, 티스?”

“말도 마! 널 도망치게 했다고…….”

신성한 하나님을 모독한 녀석을 구해주었다는 죄목으로, 그들은 티스를 두들겨 패서 보냈던 것이다. 티스는 쇼팽 대신 얻어터졌던 것이다. 둘은 기가 막히지만 그래도 무사한 것에 안도하며, 마주보고 킬킬거렸다.

그런 몰골로 돌아온 둘을 보고, 서재에서 책을 읽던 쇼팽의 아버지 니콜라스 씨는, 깡패 짓이나 하고 다닌 건 아닌가하여 몹시 야단을 쳤다.

"지금이 어느 때인데 싸움질이나 하며 싸돌아 다녀? 나라가 흥하느냐, 망하느냐 야단인데. 너희들보고 총 들고 전쟁터에 나가 싸우라는 것도 아니야! 이 나라 국민이라면 쓰러져가는 조국에 대한 안타까운 마음이라도 가져야지!"

"아버지, 그게 아니라, 사실은요……."

자초지종을 들은 니콜라스 씨는 '그럼, 그렇지. 내 아들이 설마 그럴 리가 있으랴.'라는 듯 껄껄거리며 파안대소했다.

"너희들이 한 일은 결코 잘한 일은 아니야. 그렇지만 너무 염려하지 마. 그 목사는 나와 친구지간이니 내가 사과하고, 이야기 잘 해주마."

니콜라스 씨는 아들의 음악에 대한 열정과 친구 티스와의 우정에 감복한 모양이었다. 니콜라스 씨는 목사와 이야기를 나누었고, 그 일은 곧 무마됐다.

그리고 쇼팽은 다시 교회의 미사 반주를 맡게 되었다. 이유는 쇼팽만큼 아름답게 미사곡을 연주할 수 있는 사람이 근방에는 없었기 때문이었다.

그러던 어느 가을, 쇼팽은 아버지와 베를린으로 여행을 가게 되었다. 물론 쇼팽의 연주 여행이었다. 그는 도처에서 환영받았으며, 멘델스존 같은 일류 음악가와도 만날 수 있었다.

돌아오는 마차 안에서, 영국, 독일 사람들이 폴란드인은 기백이 없다고 욕하고 조소하는 소리를 들었다. 자신의 조국을 욕하는 소리를 듣고 쇼팽은 분했지만 어쩔 수 없었다. 마차가 어느 조그만 마을에 도착했다. 마을 역사(驛舍) 안에는 피아노가 한 대 놓여 있었다. 그것을 발견한 쇼팽은 피아노를 한 번 두드려보고 소리를 확인한 다음, 연주를 하기 시작했다.

조국을 욕하는 소리를 들은 분노가 음악으로 되살아나왔다. 곡은 점점 열기를 띠었고, 함께 마차를 탔던 사람들이 주위로 몰려들었다.

그때 마부가 마차의 출발을 알렸다. 쇼팽의 손은 멈췄다. 그러자 사람들이 끝까지 연주해 달라고 그를 붙들었다. 쇼팽은 하는 수 없이 연주를 계속했다. 그제야 사람들은 그 곡이 폴란드를 찬미하는 노래라는 걸 깨달았다. 곡은 너무나 아름다웠다.

조금 전까지도 폴란드를 욕하던 그들은, 안면도 없는 소년 음악가를 위하여, 그리고 소년의 조국을 위하여 포도주로 건배까지 해주었다.

비록 미사는 엉망을 만들었지만, 그의 조국에 대한 사랑은 결코 교회에서 기도하는 사람들 못지않았다.

그는 눈을 감고 영면에 드는 순간에도 조국을 못 잊어, 조국 폴란드의 흙 한 줌을 가슴 위에 얹었었다.

쇼팽

우리의 최대의 영광은
한 번도
실패 안 했다는 것이 아니고,
넘어질 때마다
다시 일어나는 점에 있다.

Our greatest glory Consists not in never falling, but in rising every time we fall.

칠전팔기(七顚八起)

일곱 번 넘어졌다가 여덟 번째 다시 일어난다.

(넘어져도 굴치 않고, 재기하는 강한 의지를 권장하는 말)

레오나르도 다빈치

1452년 이탈리아 빈치 출생
1465년 13세 플로렌스의 베로키오에게 사사 받음
1478년 26세 플로렌스 정부의 위촉으로
<성 베르나르 교회 제단의 그림>을 그림
1497년 35세 <최후의 만찬>을 제작
1505년 43세 <모나리자>를 그림
1519년 57세 사망

짐승을 잡아 괴롭히며 스케치를 한 화가

르네상스 시대 예술의 최고봉이라 일컬어지는 다빈치가 열여섯 살 때의 일이었다. 그때 그는 고향을 떠나 플로렌스에 있는 유명한 베로키오 선생에게 배우고 있었다.

어느 날, 베로키오 선생이 시내로 외출했다가, 제자인 다빈치의 하숙집을 방문한 적이 있었다. 마침 소년 다빈치는 너저분한 그의 아틀리에에서 그림을 그리고 있었다.

베로키오 선생은 다른 아이들과 달리 쉬는 날에도 그림에 열중하는 제자를 기특하게 여기며, 다빈치가 권하는 방 한구석에 엉거주춤 앉으려다말고 다시 일어섰다.

다빈치가 그리는 그림이 하도 이상했기 때문이었다.

"자네, 지금 뭘 하고 있나?"

"예, 선생님, 그림 그리고 있습니다."

"그림을 그리는 줄은 아는데, 이게 뭔가?"

선생은 눈이 휘둥그레져서 물었다.

"예, 이건 방패입니다. 나무 방패지요. 짐승을 잡을 때 쓰는 거지요. 짐승들이 보고 무서워 벌벌 떨 그림을 그리려고요."

"자네, 사냥을 다닐 모양이구먼. 그런데 이건 무슨 냄새인가? 어이쿠, 고약하네."

코를 틀어쥐고 아틀리에 안을 둘러보던 선생은 그만 기겁을 하고 말았다. 그의 시선이 멈춘 곳에는 지네, 뱀, 고슴도치, 박쥐…… 등등, 징그러운 동물들이 우글거리고 있었다. 그것들은 죽은 것들 아니면, 썩어가는 것들, 또는 목숨이 다하여 가까스로 꿈틀대는 것들이었다.

베로키오 선생은 혼비백산하여 뛰쳐나가버렸다. 그러나 레오나르도는 그렇게 도망치는 선생을 보고 씩 웃었다. 그것을 본 베로키오 선생이 달음질쳤다면 이 그림은 일단 성공한 것이기 때문이었다.

레오나르도는 그런 징그러운 동물들의 특징을 잡아 방패에 그릴 작정이었다. 그것도 아주 끔찍하고 무섭게. 왜냐하면 멀리 고향 빈치에서 플로렌스까지 이 나무방패를 손수 들고 와, 아버지께서 부탁을 하셨기 때문이었다. 그만큼 다빈치는 어릴 적부터 그림 한 폭을 완성하는데 온갖 정성을 기울이고, 완벽을 기하는 성격이었다.

물론 예술가라면 누구나 자기 작품에 생명 이상의 애착을 가진다. 하나의 소재를 얻기 위해 몇 년을 헤매고, 순간 반짝이는 영감을 얻기 위해 수많은 낮과 밤을 싸워야 한다. 원하는 하나의 색을 만들기 위해, 한 줄의 글을 쓰기 위해, 한 동작을 창조하기 위해, 예술가들은 뼈를 깎고 살을 도려내는 아픔을 견뎌야 하고, 때로는 목숨을 거는 모험도 해야 한다.

레오나르도 다빈치는 그런 열의가 누구보다 강했다. 한 폭의 그림을 그리기 위해, 한 마리의 새를 그리기 위해 그는 무려 천 장이나 되는 새를 스케치했다. 그림공부를 위해서는 짐승은 물론 사람 해부까지 서슴지 않았다.

예술에 대한 이런 집착은 유명한 화가가 된 후에 생긴 것이 아니라, 어려서부터 자연히 생겨난 것이었다. 그는 어려서부터 그림을 잘 그렸다. 이웃사람들은 '천재'란 이런 아이를 두고 하는 말이라고 찬사를 아끼지 않을 정도였다.

어린 레오나르도의 심미안은 어른을 훨씬 능가하여 나름의 경지에 도달해 있었다. 교육에 의한 테크닉의 구사뿐 아니라, 직접 사물의 참모습을 찾고, 동물과 식물의 생태에 대한 철저한 연구 끝에 특성을 살려 스케치하고 그림을 그렸다.

아들의 재능을 안 아버지는 다른 공부는 걷어치우게 했다. 그리고 플로렌스 제일의 베로키오 선생에게 사사 받기 위해 아들을 데려갔다. 까다롭기로 소문난 베로키오도 레오나르도의 그림을 보고 단번에 승낙했다. 그래서 3년째 베로키오 선생에게 그림을 배우던 차였다.

베로키오의 문하엔 보티첼리를 비롯한 많은 화가 지망생들이 수업을 받고 있었는데, 레오나르도는 그 중에서도 단연 으뜸이었다. 베로키오는 항상 '이 녀석 크게 되겠는 걸'하고 중얼거리곤 했다고 한다.

레오나르도의 고향집에 이웃 사냥꾼이 찾아왔다. 그는 커다란 나무 방패를 들고 있었다. 천재 소년 레오나르도에게 그림을 부탁하려는 것이었다.

"이 방패는 짐승을 상대로 싸울 때 쓰는 것입니다. 여기다 짐승들이 보고 깜짝 놀라 옴짝달싹 못할 만큼 무서운 그림을 그려주셨으면 좋겠습니다."

레오나르도의 아버지 피엘 씨는 그 사냥꾼과 친분이 두터웠고, 짐승의 고기나 가죽 같은 걸 가끔 선물 받은 터였으므로 기꺼이 승낙했다.

그래서 피엘 씨는 나무방패를 들고 플로렌스의 아들을 찾아갔다. 아틀리에에서 그림 연습을 하던 레오나르도는 아버지의 이야기를 듣고, '좋습니다. 짐승들이 보고 질겁해서 도망칠만한 그림을 그려볼 테니, 한 달 후에 찾으러 오십시오.' 라고 말했다. 이래서 그는 나무방패에 그림을 그리게 되었던 것이다.

그렇지 않아도 심심하고, 따분하고, 온 몸이 근질근질하던 차에, 재미있는 일이 없을까 궁리하던 중이었다. 그리기만 해서는 재미도 없고 실감도 나지 않았다.

그래서 열여섯 살 소년은 들판을 쏘다니며 그런 것들을 잡아들였다. 징그럽고 무섭기는커녕 보면 볼수록 친근감이 생기고 사랑스러웠다. 그래서 레오나르도는 그들을 괴롭히기 시작했다. 뱀의 아가리를 칼로 깊이 찔러 벌려보고, 박쥐의 날개를 찢어 피투성이로 만들어보았다. 고슴도치의 등을 찔러 바닥에 고정시키기도 하고, 뱀의 머리와 꼬리를 한데 묶

어보기도 했다.

그러니 레오나르도의 아틀리에에는 시체 썩는 냄새가 코를 찌를 수밖에 없지 않았겠는가! 그것은 아틀리에가 아니라 차라리 지옥이었다.

그 끔찍한 아수라장에서 레오나르도는 태연히 그림을 그렸다. 동물들이 고통으로 몸부림치는 모습을 여러 장 스케치했다.

약속한 한 달이 되자 아버지는 어김없이 방패를 찾으러 왔고, 그림을 본 아버지는 물론 놀라 기절했다.

그는 훌륭한 화가가 된 후에도 하나의 그림을 그리기 위해서 수많은 밑그림을 그렸다. 밑그림이 많은 대신 완성한 작품은 얼마 되지 않는다. '최후의 만찬', '성 안나', '암굴의 성모', '모나리자' 등 아주 유명한 작품 외에는 현존하는 것이 몇 안 된다. 어설픈 눈요기 거리보다는 단 한 장이라도 완벽하고 그림다운 그림을 추구하는 화가였다.

초상화 중에서는 최고라고 칭송받는 '모나리자'를 그릴 때도, 그는 초상화에서 나타나는 딱딱하고 긴장된 표정을 없애기 위해 세심한 노력을 기울였다고 한다. 그림을 그릴 때, 음악가들을 불러 음악을 연주시키기도 하고, 모델에게 재미있는 이야기를 들려주기도 했단다. 모나리자 특유의 미소는 레오나르도의 그런 노력의 소산이었음이 분명하다.

남은 가끔 용서하되,
자신은 용서하지 말라.

Pardon another often,
yourself never.

남을 원망하느니, 내 몸을 원망하라.

회남자

남이 한 일은 생각지 말고,
자기의 부덕을 반성하라.
남에게는 관대하고 인자하게,
자신에게는 엄하게 하라.

남의 잘못을 책망함에 너무 엄하지 말라.

적당히 나무라는 것이 효과적이며
지나친 책망은 반감을 불러일으키게 된다.

사람의 악(惡)을 책망하기를
너무 엄하지 말 것이며,
그것을 받는 아픔을 생각하여야 한다.

채근담

보나로티 미켈란젤로

1475년 이탈리아 피렌체 출생
1534년 59세 바티칸 궁전의 벽화 <최후의 심판>을 시작
1541년 66세 <최후의 심판> 완성
1564년 89세 로마에서 사망

주요작품
<마돈나> <모세> <다윗>
대표건축
<로마의 베드로 사원>이 있음

외모 콤플렉스를 예술혼으로 승화시킨 거장

격정적이고 강력한 힘을 바탕으로 예술을 창조했던 미켈란젤로는 다재다능한 예술가라기보다는 한 사람의 초인이었다고 해도 과언이 아니다.

대개의 예술가들이 비극과 파란을 초월하고 극복하면서 자기 예술의 완성을 보았듯이, 미켈란젤로 역시 갖은 역경과 끊임없이 계속되는 불행을 이겨나가면서 예술의 개화를 맞았다.

그런데 이 위대한 천재도 극복할 수 없었던 것이 하나 있었다. 그는 그것 때문에 우울하고, 고뇌에 찬 일평생을 보내야 했다.

그것이란 짜부라진 코였다. 선천적으로 주저앉은 납작코가 아니라, 동료에게 맞아 주저앉아버린 것이었다. 미켈란젤로가 그림을 잘 그리는 것을 시기한 아틀리에의 동료가 주먹을 날려 코뼈를 부러뜨린 것이었다.

'아름다운 용모는 자기 자신에게 얼마나 큰 자극인가! 세상의 어떤 기쁨도 그 이상의 것은 없을 것이다.'하고 그는 늘 말했다. 예술의 궁극적인 목적은 아름다움이다. 이 아름다움이 극치를 이루는 수많은 작품을 남겼던 미켈란젤로에게도 콤플렉스는 있었던 모양이다. 아무리 자신의 작품이 예술의 극치를 이루도록 아름다워도 가슴 한구석엔 용모에 대한 애착이 있었던 모양이다.

아니, 자신의 예술이 극렬한 아름다움으로 치달을수록 자신의 육체에 관한 비관은 늘어가기만 했다. 그는 자기 코를 망가뜨린 친구에게 패악을 부리며 악담을 퍼부어 댔다.

"네 놈은 평생 가도 아무 것도 못 될 거야. 예술가? 천만의 말씀이야. 네놈은 이 미켈란젤로의 코를 망가뜨린 놈이란 것 외에는 어떤 존재도 될 수 없어!"

주위의 온갖 반대를 무릅쓰고 선택한 험난한 예술의 길에 동행하면서 그런 악담을 하는 건 참으로 비극이었다.

당시 예술가들의 사회적 지위는 오늘날에 비하면 형편없는 것이었다. 지금 우리가 그들의 천재적 재능에 경탄하고 우러러 받드는 것에 비하면 하찮기 그지없었다. 당시의 조각이나 회화는 작가의 자유의지나 임의로 구현하는 경우는 아주 드물었다. 거의가 교회나 궁전, 귀족들의 저택을 장식하는 정도였다. 그러니 종교 세력과 권력자들은 예술가를 우리말로 '쟁이' 취급밖에 하지 않았다. 그러니 이 사회통념의 벽을 뚫고 예술을 고집했던 이들이 얼마나 비참한 생을 살았을지는 짐작하고도 남는다.

미켈란젤로는 아버지가 카프레스 시장을 지낸 바 있는 명문가에서 태어났다. 보수적인 아버지는 귀족출신이라는 긍지와 자부심 때문에, 예술가라는 직업은 귀족의 신분이나 위신을 손상시키는 것이라 생각했다. 그래서 미켈란젤로를 예술과는 거리가 먼 방향으로 나가게 하려 했다. 그러나 이미 미켈란젤로의 마음속에는 조각에 대한 꿈이 완벽하게 자리 잡고 난 후였다.

미켈란젤로가 어렸을 적에 시장 직을 사퇴한 아버지는 가족과 함께 피렌체로 돌아와 살았다. 그런데 미켈란젤로만 유모와 함께 카프레스에 그대로 남아 있었다. 이 유모의 남편이 석수장이였다. 그래서 미켈란젤로는 돌을 쪼개고 다듬는 석수장이의 작업장을 놀이터로 삼아 자라게 되었다. 볼품없고 견고한 돌이 정과 망치에 의해 다듬어져 어떤 형상이 창조된다는 사실이 어린 그에게는 신비로웠다. 이미 이 때부터 미켈란젤로의 갈 길은 정해졌다.

미켈란젤로의 가족들은 아들이 석수장이가 되는 것에는 결사반대했다. 부모들은 법률가나 사업가가 되기를 바랐다. 그러나 피렌체로 돌아온 미켈란젤로는 부모의 바람과는 달리 화가의 길로 들어서고 말았다.

어느 날, 미켈란젤로는 우연히 한 화가 지망생 청년과 사귀게 되었다. 청년은 당시 피렌체의 유명한 화가인 길란다이오의 제자였다. 그는 이미 길란다이오 선생에게 실력을 인정받은 당당한 실력파였다. 이 청년과 마음이 통한 미켈란젤로는 아틀리에를 방문하고, 길란다이오에게 깊은 감동과 강렬한 인상을 받았다. 그리하여 그는 길란다이오에게 사사 받기로 했다. 드디어 본격적인 예술의 길에 들어선 것이었다. 이 때 그의 나이가 열세 살이었다.

희망에 불타는 열세 살 소년의 회화 실력은 그야말로 일취월장(日就月將)이었다. 작품에 대한 열정과 의욕은 그림을 배우는 다른 소년들보다 훨씬 두드러졌다.

그의 천재성이 발휘되기 시작했다. 미켈란젤로의 미술에 대한 안목은 선생도 능가했다. 구도는 다른 어떤 이보다 뛰어났으며, 작품에 대한 애착과 집념은 새로운 예술이념의 창조라고 봐도 무방한 것이었다. 길란다이오 화실에 제자다운 제자가 하나 탄생한 셈이었다.

재능이 탁월하면 남들의 시기를 부르기 마련인가 보다. 미켈란젤로가 작품에 열중하면 할수록, 동료들뿐 아니라 스승인 길란다이오까지 그를 미워했다. 말하자면 그의 재능에 대한 질투였다. 동료들이야 아직 나이 어리고 철없는 때이니 그렇다 치더라도, 스승이라면 문제는 달라진다. 괴팍한 성격에 욕심 많고, 거기다 융통성까지 결여된 이 스승은, '스승을 능가한다.'는 말이 은밀히 오갈 정도니 어린 제자를 미워할 수밖에 없었다. 나중엔 노골적으로 질투를 하기에 이르렀다.

이런 사제지간의 적대의식이 미켈란젤로에게 비극을 안겨주고 말았다.

처음부터 길란다이오에게 지극한 총애와 가르침을 받아오

던 트레지아노라는 친구가 공연히 미켈란젤로에게 시비를 걸어왔다. 사사건건 트집이었다. 물감을 쓰는 데도, 이젤을 세우는 데도 생트집을 잡았다.

그날도 미켈란젤로는 여느 때와 마찬가지로 혼신의 힘을 다해 스케치에 열중하고 있었다.

"이봐, 보나로티!"

스케치에 온 정신을 다 뺏겨 무아지경에 빠진 미켈란젤로에게 자그맣게 부르는 소리가 들릴 리 없었다. 대답이 없자 트레지아노는 아까보다 조금 더 큰소리로 불렀다. 그래도 미켈란젤로는 여전히 대답이 없었다. 질투로 눈도 마음도 멀었던 트레지아노에게 미켈란젤로의 이런 태도는 몹시 거만하고 고깝게 보였다.

"야! 보나로티!"

수차례 불러도 대답이 없자 화가 난 트레지아노는 벼락같이 소리치며 그림에 열중한 그를 잡아 일으켰다. 곧 싸움이 붙었다. 트레지아노는 미켈란젤로에게 실력이 좋으면 얼마나 좋아서 사람을 깔보는 것이냐는 거였고, 미켈란젤로는 무슨 심통으로 남의 수업을 훼방 놓느냐는 거였다. 그런 논쟁이 결국 치고받는 육박전에까지 이르게 되었다.

이 싸움에서 미켈란젤로는 트레지아노에게 안면을 강타당해 코가 형체도 없이 일그러져 버렸다. 그 전부터 자신의 용모에 콤플렉스를 느껴온 미켈란젤로에게 그것은 큰 타격이었다. 작은 키에 큰 머리, 광채 없는 희멀건 눈동자, 거기다 코마저 편편하게 주저앉아 버렸으니…….

모든 아름다운 것을 사랑하고, 그것을 추구하는 사춘기 소년 미켈란젤로에게 흉물스런 자신의 모습은 가슴 아팠을 것이다.

그러나 그는 그것으로 좌절하지 않았다. 예술가로서의 자신감은 그를 강직하고 의지가 굳은 인간으로 단련시켜 주었다.

원래 온화하고 유순한 성격은 아니었지만, 외모로 인한 콤플렉스가 그의 성격을 비뚤어지게 만들었다. 그는 작품이나 일상생활에 대해서 절대로 양보나 이해를 하려들지 않았다. 작품에 대한 비평에 몹시 거칠고 격정적인 반발을 보였다. 하나하나의 비평에 대해, 역시 하나하나 반박했다. 행동 하나의 비난이나 충고에 대해서도, 어떤 방식으로든 꼭 보복을 하는 성격이었다.

이런 일이 있었다.

그가 바티칸 성당에 벽화 '최후의 심판'을 그릴 때였다. 이 거대한 벽화를 절반쯤 그렸을 때, 당시의 법왕인 바오로 3세가 민완가인 비아지오라는 관방장관과 동행하여 그림을 보러왔다.

"장관! 어떠시오, 이 그림이?"

그림에 대한 조예가 없는 법왕이 동행한 비아지오에게 의견을 물었다. 그러자 비아지오는 '성스러운 장소에 이토록 많은 나체를 그린 것은 법왕의 성당에 대한 모독이다. 이런 그림은 목욕탕이나 여관방에 어울리는 저질적이고 외설적인 그림'이라고 험담을 곁들여 혹독한 비평을 했다.

이에 화가 머리끝까지 치밀어 오른 미켈란젤로는, 이 고명하신 비아지오를 지옥 악마부대의 우두머리로 벽화에 그려 넣고 말았다.

악마부대의 우두머리 미노스가 된 비아지오 각하의 발목에는 구렁이가 칭칭 감겨 있었다. 커다란 구렁이는 보기만 해도 소름이 끼치는 흉측하고 끔찍한 형상이었다.

벽화가 완성되고 낙성식을 마친 후에야 이 사실을 안 비아지오는 대경실색하여 법왕에게 미켈란젤로의 괘씸한 행각을 고해바쳤다.

그러나 법왕은 웃으면서 말했다.

"화가가 장관을 연옥에 떨어뜨렸다면 내 서슴지 않고 구해내겠으나, 지옥에 떨어지고 말았으니 어찌하겠소. 장관께서도 아시다시피 지옥에 떨어진 자는 예수 그리스도의 힘으로도 구원받을 수 없는 것 아니오?"

그림은 이미 고칠 수 없는 완성품이었고, 너무도 훌륭했다. 그 그림은 지금까지도 그대로 전해 내려오고 있다고 한다.

또 한 번은 까다롭고 교만하기로 이름난 율리우스 2세의 묘당을 건립할 때의 일이다. 그는 이 권좌의 법왕과도 정면 충돌을 불사했다. 당시의 법왕이나 이름께나 있는 명문귀족들은 회화건 조각이건 꼬치꼬치 캐묻고 따지고 간섭하는 것을 당연시하고 있었다.

즉, 작품이 진정한 예술로서 제작되는 게 아니라, 그들의 취향에 따라, 그들의 지시대로 만들어지곤 했다. 미켈란젤로도 예외일 수 없었다.

고대 로마에 대적할만한 웅장하고 아름다운 묘당을 건립코자 했던 율리우스 2세는 이 작업을 미켈란젤로에게 온전히 맡길 작정이었다. 물론 미켈란젤로는 그것을 맡았고, 지체없이 준비에 착수했다. 그런데 율리우스는 작업장에 나와 사사건건 간섭이었다. 비위가 상한 미켈란젤로는 말도 없이 고향 피렌체로 돌아가 버리고 말았다.

그 묘당의 건립에 미켈란젤로는 반드시 필요한 인물이었다. 율리우스는 하는 수 없이 피렌체로 사람을 보내 그를 모셔왔다. 물론 간섭이 일절 없을 것을 약속한 후였다. 로마로 다시 온 미켈란젤로는 누구의 간섭도 받지 않고, 누구의 힘이나 조언도 빌리지 않고, 혼자 그 거대한 묘당을 완성했다.

이것이 어떠한 권력도 두려워하지 않는 참된 예술정신의 본보기가 아니겠는가! 그의 기백과 투지는 인류 문화의 역사에 빛나고 있다. 그는 90년이란 긴 생애를 홀로, 오로지 예술을 위해 혼신의 힘을 다했던 진정한 예술가로 살았다.

닭 머리가 되더라도 소꼬리는 되지 말라

寧爲鷄口영위계구언정 勿爲牛後물위우후하라

닭의 입이라고도 하는데, 비록 작더라도, 남의 앞장서는 자리를 취할 것이며, 크더라도 꼬리의 위치는 바라지 말라는 것.

사기(史記) 소진전(蘇秦傳)에 '차라리 계구(鷄口)가 될망정, 소꼬리는 되지 말지어다. 이제 진나라에 굽히고 그의 신하가 된다면, 어찌 소꼬리와 다를 것이 있을 건가.'하여, 진이 세력이 강하다고 그 부하가 되는 것보다는 작으나마 일국의 우두머리 자리를 지키라고 한 말이다.

사자의 꼬리보다 고양이 대가리가 낫다
Better be the head of a cat than the tail of a lion.
소 뒤를 따르는 것보다 닭의 앞장을 서라.
Better walk before a hen than behind an ox.

아메데오 모딜리아니

1884년 이탈리아 출생
1906년 22세 파리 여행. 몽마르트 생활 시작
1910년 26세 앙대팡당 전에 '첼로연주자와 거지' 출품
1917년 33세 개인전. 그의 수많은 작품을 남김
1920년 36세 몽마르트에서 사망

병마와 싸우며 살려낸 생명의 회화

인생의 황금기라고 할 수 있는 나이 서른여섯에 생을 마감한 아메데오 모딜리아니는 전성기도 맞지 못한 채 세상을 떠났다. 그의 짧은 생애가 말해주듯 그는 청춘시절을 골골 앓으며 보냈다.

그는 앓아보지 않은 병이 거의 없을 만큼 온갖 병을 앓았고, 약봉지가 떨어질 날이 없었으며, 엉덩이는 주사를 많이 맞아 벌집 같았다.

그 중에서도 열세 살부터 앓은 결핵, 늑막염, 장티푸스 등은 지긋지긋했다. 질병을 앓아보지 않은 사람은 투병의 고통을 모른다. 절망감, 외로움, 아픔, 슬픔을 말이다.

더구나 갓 잡아 올린 생선처럼 펄떡거리며 활기 넘쳐야 할 사춘기를 방구석에 틀어박혀 보낸 모딜리아니는 오죽했겠는가!

모딜리아니는 사춘기의 시작과 더불어 병을 앓은 셈이다.

어느 날 아침, 온 가족이 식탁에 모여 앉아 아침 식사를 하려는데 모딜리아니가 보이지 않았다.

"아메데오 도련님은 식사 안 하세요? 학교 늦겠어요."

식사 준비를 마친 하녀가 가족을 둘러보며 말했다.

"그러게 말이야. 아직도 한밤중인가?"

평소에도 가끔 늦잠을 자던 아메데오인지라 가족들은 대수롭지 않게 생각했다.

"에이그, 늦잠꾸러기. 지금이 몇 신데 아직 자고 있어?"

어머니는 투덜거리며 모딜리아니의 침실 문을 열었다. 그는 침대에 엎드린 채 죽은 듯이 꼼짝하지 않았다. 잠이 아주 깊이 든 모양이라고 생각하며 간지럼을 태워 깨우려던 어머니는 흠칫 놀라 물러섰다. 소년은 땀에 흠뻑 젖어 있었다. 얼굴은 핼쑥하고, 입술은 말랐고, 눈두덩은 꺼멓게 꺼져 있었다.

그다지 건강하지는 않았지만 그래도 별 탈 없이 지내온 아들이었던 지라 어머니는 놀랄 수밖에 없었다.

놀란 가족들은 아침식사도 거른 채 병원으로 달려갔다. 진단결과는 늑막염이었다.

"심한 상태입니다. 절대적인 안정이 필요합니다. 과로를 피하고 쉬어야 합니다."

모딜리아니는 어쩔 수 없이 휴학을 했다. 치료를 하기 위해서였다. 그 시절의 모딜리아니가 하는 일이란 일주일에 한

번씩 주치의에게 가 진찰을 받는 것, 제 시간에 약을 먹고, 주사를 맞는 일, 정해준 양의 음식을 먹고, 가볍게 산책을 하는 정도였다.

그러기를 몇 개월, 꾸준히 치료한 보람이 있어 병세는 날로 호전됐다.

"어머니, 이젠 다 나았어요. 학교에 가게 해 주세요."

"조금만 참아. 병이란 애초에 뿌리를 뽑아야지, 안 그러면 다시 도지기 쉬워요. 조금만 방심해도 재발한다고."

모딜리아니는 복학할 날만 기다리며 햇빛 쏟아지는 창밖을 내다보았다. 학교와 친구들이 그리웠다.

그러던 어느 날, 모딜리아니는 답답하고 우울한 늑막염의 그림자를 벗어나 학교로 돌아갈 수 있었다. 그동안 보지 못했던 친구들은 오뉴월 수풀처럼 푸르고 싱싱하게 자라고 있었다.

모딜리아니는 친구들과 어울려 공차기도 하고, 동산도 거닐었다. 시도 논하고, 그림과 음악에 대해서도 이야기 했다. 공부도 열심히 하고, 건강도 나날이 좋아졌다.

자신은 물론 가족들도 이젠 한시름 놓았다.

그러나 그것도 잠시였다. 이번엔 장티푸스였다. 듣기만 해도 끔찍하고 징그러운 병마가 그의 사지와 사고를 잡아맸다. 몸이 약해 예민한 모딜리아니는 절망하고 절망하여 다시는 빛을 보지 못할 것 같은 암흑으로 빠져 들어갔다.

"어머니, 저 이러다 죽는 게 아닐까요?"

"별 해괴한 소릴 다 하는구나. 세상에 병 한 번 안 앓아 본 사람 있는 줄 아니?"

"아니에요. 전 버림받은 사람인가 봐요. 제 인생은 저주 받았어요."

가까스로 몸을 일으켜 앉은 모딜리아니는, 아름다운 항구 도시 리보르노의 풍경을 창밖으로 내다보며 시름에 잠겼다.

"아메데오! 그런 말은 하는 게 아냐. 누구나 병마와 싸우지 않으면 안 돼. 이 정도의 시련도 이기지 못한다면, 앞으로 아무 일도 할 수 없어!"

교양 있고, 이지적인 어머니는 병상에 누워 천정만 바라보는 딱한 아들을 격려하며, 새로운 희망을 불어넣어 주어야겠다고 생각했다. 그래서 찾아낸 것이 그림이었다.

그녀는 아들을 데리고 정양을 겸한 여행을 다니며 고전 미술과 친밀해지도록 유도했다. 나폴리, 카프리, 아마르피, 로마, 피렌체 등지로 여행을 하며 미술과 접하도록 했다.

다행히 모딜리아니는 미술에 뛰어난 자질을 가지고 있었다. 자포자기 상태에서 장래의 희망이나 사물에 대한 취미와 관심이 없었던 그는 미술에 빠졌다. 미술이라는 새롭고 신비한 세계와의 교류에 깊은 애착을 가지게 되었다. 모딜리아니는 무섭고 빠른 향상을 보였다. 어머니는 물론 그 자신마저 놀랄 정도였다.

그의 어머니는 자유로운 사상과 모성애과 교육열을 가진 여자였다. 아들의 눈부신 재능을 발견한 그녀는 학교를 중퇴시키고 회화의 세계로 인도했다. 모딜리아니의 회화는 병마와의 전투에서 얻은 전리품이었다.

장티푸스가 물러가자 모딜리아니는 본격적인 회화수업에 들어갔다. 당시 유명했던 화가인 미케리의 아틀리에에 다니며 자신의 회화세계를 구축해갔다. 장티푸스를 앓으며 친구를 다 잃어버린 그는 고독과 고립의 아픔을 그림으로 달랬다.

그는 혼자 방황하고, 부딪히고, 응시하며, 깨닫고, 싸워가며 그의 회화를 빛나게 했다. 그런데 그때 또 다시 병마의 어두운 그림자가 그를 뒤덮었다. 이번엔 폐결핵이었다. 피골이 상접한 몰골로 콜록거리는 그에게 위문 오는 사람조차 하나 없었다. 어머니는 간호하다 지쳐 쓰러졌다.

재활의 길이 완전히 막혀버린 공포의 암굴에 선 모딜리아니는 진저리를 쳤다. 저주받은 놈, 신에게 버림받은 놈, 병신, 천치, 머저리, 평생 앓다 죽을 못난 놈……. 그는 스스로를 학대하며 온갖 패악을 부리며 길거리를 방황하며 술로 세월을 보냈다. 그런 그에겐 술친구도 없었다. 그는 점점 거리로 나가는 게 두려웠다. 아는 이 하나 없는 소란스럽고 번잡한 거리는 그를 외롭게 했다. 외로워서 미쳐버릴 것 같았다.

그는 다시 화실로 돌아왔다. 비록 병은 들었지만 자기에게 주어진 삶이 소중했던 것이다. 생명에 대한 애정이 비로소 싹텄다. 그에겐 나무도, 꽃도, 산도, 바다도 의미가 없었다. 오직 인간의 생명, 그 자체만 의미가 있었다. 그래서 그런지 그의 예술은 시종일관 인간에 귀착되어 있었다. 생명의 아름다움과 아픔, 그에 공감하는 견고하고 맑으면서도 깊은 색채와 향수를 불러일으키는 그의 예술은, 똑같이 인간을 묘사해 온 드가나 로트렉, 르느아르의 그림과는 달랐다. 그는 인간을 그리되, 인간의 생활이나 인생은 그리려하지 않았다.

생명 자체의 깊은 표현, 생명을 응시하고 생명과 대화하는 그림이다. 관능조차도 순진하고 순수하기 이를 데 없다. 끝없는 애착과 고독한 영혼을 토해 낸 것이다. 그것은 외부의 자극이나 누구에게 영향을 받아 이루어낸 작품 세계가 아니었다.

모딜리아니의 작품은, 늑막염과 장티푸스와 폐결핵의 태풍이 휩쓸고 간 사춘기의 벌판에서 가까스로 살아난 한 그루의 나무였다.

용감한 자는 겁내지 않는다

용자무구(勇者無懼)

여기서 용감한 자는 무모(無謀)한 만용을 말함이 아니라, 도덕상의 용기를 가리킨다. 정의에 입각하여 신념이 서 있는 사람의 꿋꿋함을 뜻한다.
논어(論語) 자한편(子罕篇)에 '지자(知者)는 혹하지 않으며, 인자(仁者)는 근심하지 않으며 용자(勇者)는 *두려워하지 않는다*'하였다.
즉 지(知), 인(仁), 용(勇)은 슬기와 어진 마음과 용기를 군자의 삼요소라 한다.

앤드류 카네기

1835년 영국에서 출생
1845년 10세 파산하여 전 가족이 미국에 이민
1850년 15세 전신기사가 됨
1851년 16세 철도 회사에 입사
1864년 30세 피츠버그에 궤도회사 설립, 레일판매.
그 후 제철소, 제강소 등 설립

짱을 파트너로 삼은 대 사업가

카네기! 그의 별명은 걸레였다. 누덕누덕 기운 옷이 말 그대로 걸레였기 때문이다. 차림은 걸레처럼 남루했지만 앤드류의 가슴은 조금도 헤진 곳이 없었다. 불의를 참지 못하는 정의감, 일에 대한 열정과 책임감, 숭고한 우정이 넘치는 인간미, 이 말들은 그대로 앤드류를 대변한다.

그는 수단과 방법을 가리지 않고 자기만 성공하려 한다든가, 윗사람에게 아부하여 혼자만 덕을 보겠다든가 하는 비열한 자에겐, 목숨 걸고 투쟁하여 기어코 승리를 거두고야 마는 저력을 가졌다. 펜실베니아주 피츠버그의 작은 오막살이가 카네기의 소년 시절 터전이었다. 아버지는 방직공장 직공이었고, 그는 그 공장의 급사였다. 가난했지만 행복했다. 비록 땟국이 흐르는 걸레 같은 차림이었지만 성실 근면한 앤드류는 곧 공장장에게 인정을 받았다. 그래서 실 감는 방으로 승진했다.

카네기는 자신의 장래에 대해 이런 생각을 가지고 있었다.

"학자가 될 생각은 말자. 난 초등학교 밖에 다니지 못했으니까. 대신 학자를 능가하는 훌륭한 실업가가 되자. 아무도 흉내 낼 수 없는 훌륭한 실업가 말이다. 내겐 학자보단 실업가가 어울릴 거야."

그런 다짐을 하며 정말 열심히 일했다.

그 공장엔 별명이 다이너마이트인 보비라는 말썽꾸러기 직공이 하나 있었다. 말하자면 보비는 또래 직공들 세계에서 두목처럼 군림하는 주먹대장이었다. 요즘말로 하자면 짱이었다. 직공들의 사적인 일까지도 그의 승인 하에 이루어지는 형편이었다. 새로 들어온 아이들에 대한 텃새나, 모임이나, 소풍놀이도 그의 승인이 있어야 했다.

하지만 보비는 조금도 합리적이지 않았다. 완전히 그의 기분대로였다. 무법자였다. 자신에게 고분고분하게 굴지 않는 카네기에게 보비는 적대감을 갖고 있었다. 그리고 기회를 보아 앤드류의 코를 납작하게 해주겠다고 별렀다.

어느 날, 보비는 애들을 데리고 으슥한 산모퉁이로 갔다. 그리곤 앤드류를 불러냈다. 아이들이 죄 보는 앞에서 앤드류를 작신작신 패주겠다는 것이었다.

"앤드류! 너, 내가 누군지 알아?"

카네기는 당당하게 똑바로 서서 그를 노려보았다.

"누구긴. 말썽꾸러기 다이너마이트 보비지."

"이 자식! 말하는 것 좀 보게. 겁도 없이! 왜 그렇게 뻣뻣해? 뭘 믿고 그렇게 건방을 떠느냐고? 좀 야들야들해지게 작신작신 두들겨 줄까!"

보비는 말을 마치자마자 잽싸게 앤드류를 공격했으나, 어찌 된 일인지 나자빠진 건 보비였다.

카네기는 어려서부터 완력에는 자신 있었다. 아직 누구에게도 맞아 본 적은 없었다. 도리어 꼴이 우습게 된 보비가 기어오르자, 카네기는 다시 그를 메다꽂았다. 돌덩이를 집어 들고 날뛰는 녀석을 다시 한 번 땅바닥에 내동댕이 쳐버렸다.

이 광경을 지켜보던 아이들은 박수라도 치고 싶은 모양이었다. 만일 킬킬댔다간 훗날 보비가 보복할 것이 뻔했기 때문에 겉으로는 참고들 있었다. 그러나 속으로는 쾌재를 부르는 것이 표정에 역력했다. 여태 보비에게 시달림만 받아왔던 때문이었다.

아무리 덤벼도 못 당할 것을 깨달은 보비는 앤드류에게 사과하고 친구가 될 것을 약속했다.

그런데 얼마 후 보비는 불성실하다는 이유로 공장에서 쫓겨나고 말았다. 그것은 카네기도 예상치 못한 일이었다.

그리고 며칠이 지난 뒤였다.

퇴근을 하여 집에 돌아온 카네기는 경악을 금치 못했다. 보비가 카네기의 심부름을 왔다며 급히 쓸 데가 있다고 통장을 가지고 가버린 것이다. 회사에서 쫓겨난 분풀이를 카네기에게 한 것이다.

"앤드류, 이 일을 어쩌면 좋으냐? 내가 아주 큰 실수를 했구나. 나는 네 친구고, 한 방에서 일한다기에, 그냥 믿고 내줬는데……. 그게 어떻게 모은 돈인데."

어머니는 몹시 속상해 하셨다.

그 통장은 카네기가 방직공 생활을 하면서 안 입고, 안 먹고, 걸레란 소리까지 들어가며 절약해 모은 돈이었다.

"너무 염려 마세요, 어머니. 안심하셔도 됩니다. 그것은 가짜 통장이에요. 진짜는 다른 데 감춰 두었어요."

"그랬니? 아이고, 정말 다행이구나. 앤드류, 넌 어쩜 그렇게도 믿음직스럽니?"

어머니의 눈에는 어느새 이슬이 맺혀 있었다.

다음날 카네기는 보비의 집을 찾아갔다. 통장을 빼앗아갔다고 보복을 하려는 게 아니라 직장을 잃고 어떻게 지내는지 궁금해서 가 본 것이었다.

보비의 집은 앤드류네 오막살이 못지않게 초라한 오두막이었다. 지붕은 찌부러지고, 벽은 헐었고, 담벼락은 무너져 겨우 비바람만 피할 수 있는 낡은 집이었다.

앤드류는 보비를 불러보았으나 대답은 없었다. 문을 열고 나온 것은 그의 어머니였다. 그의 어머니는 장님이었다. 그녀는 앤드류의 손을 붙들고 흐느끼며 말했다.

"찾아와 줘서 고맙소. 우리 보비도 예전엔 아주 착했는데 아버지가 돌아가신 다음부터는 아주 형편없는 불량배가 되어 버렸다오. 공장일이나 잘 하는지 모르겠구려. 우리 보비 만나거든 잘 타일러서 집으로 돌아오게 해 줘요. 부탁이오."

보비의 모친은 보비가 공장에서 쫓겨난 사실조차 모르고 있었다. 카네기는 그녀가 몹시 애처로웠다.

"너무 염려 마세요. 보비는 지금 열심히 일하고 있으니 안심하세요. 아마 진급 훈련받느라 집에 못 들어오고 있을 겁니다."

앤드류는 보비의 모친을 위로하고 그 집을 나오면서 깊은 시름에 잠겼다. 이 녀석이 돈 한 푼 없이 어디 가서 또 나쁜 짓을 하고 있는 건 아닌가 걱정이었다.

그때였다. 시커먼 그림자 하나가 카네기의 앞을 휙 지나 달아났다. 보비였다. 보비는 앤드류를 보자마자 도망쳤다. 얼마나 험하게 지냈는지 보비의 꼴은 말이 아니었다. 앤드류는 뒤쫓아 가 보비를 붙잡았다. 보비는 카네기의 손에 붙잡힌 채 발버둥 쳤다.

"보비, 집으로 돌아가자. 어머니가 기다리셔."

"미안하다, 앤드류. 내가 잘못했어. 진심이야. 용서해 주기 바라."

"용서하고 말고가 어디 있어? 지금 집으로 가자고. 난 널 힐책하러 온 게 아니야."

보비는 정말로 뉘우치고 있는 것 같았다. 카네기는 그가 다시 공장에서 열심히 일 하겠다면 일자리를 주선해 보겠다고 약속했다. 그러나 공장장은 카네기의 사정에도 아랑곳없이 보비의 악행만 들추고는 허락하지 않았다.

"그럼, 하는 수 없네요. 공장장님, 저도 그만 두겠습니다."

"아니, 뭐라고? 네가 그만 두겠다고?"

"보비의 복직을 알선하겠다고 단단히 약속했는데, 어찌 저 혼자만 일할 수 있겠습니까? 저는 약속을 어길 수 없습니다."

"그럼, 네 맘대로 해! 그런 녀석과 어울리려거든 너도 나가!"

카네기는 조금의 망설임도 없이 공장을 나왔다. 그리고 다른 회사에 보비와 함께 취직하여 열심히 일했다. 그리고 보비가 진실한 삶을 살 수 있도록 도왔다.

이렇게 카네기는 나쁜 사람을 선하게 이끌어 인간관계를 잘 다졌다. 그의 그런 대인관계는 훗날 사업의 가장 기초적인 기반이 되었다. 단지 징계만으로 끝내는 것이 아니라 악행을 단념케 하고 자기 편으로 만들었다. 그리고 자신이 닦아놓은 길을 걸어가도록 했다.

보비는 평생 그의 왼팔로서 사업 부흥에 부단히 기여했다. 카네기의 우수한 점은 바로 이 인간관계를 원만히 하는 것이었다. 그리고 적재적소에 배치하는 것이었다. 한 사람이 그에게 어필할 때, 그를 정확히 파악하여 그에게 알맞은 일을 시키는 것이 그의 사업수단이었다. 그럼으로써 사회와 국가를 위한 사업에 이바지할 수 있었던 것이다.

인간은 무엇이든 될 수 있는 동물이다

인간의 내부에는
*천사*와 *악마*가 공존(共存)한다.
악(惡)과 *선*(善)이
등을 맞대고 있으며
*사랑*과 *미움*,
관용(寬容)과 *잔인*(殘忍)함이
안과 밖을 이루는
복잡한 요소로 가득 차 있음을
지적한 말이다.

도스토예프스키 <죽음의 집의 기록>

찰리 채플린

1889년 영국 런던에서 출생
1912년 23세 부랑아로 전전하다 도미.
희극 계에서 대활약, 희극적 재능을 인정받음
1918년 29세 촬영소 설립,
본격적으로 채플린 영화 제작.

어머니를 웃기려다 세계적인 희극 배우로

제멋대로 굴러다니는 눈동자. 얌체 같이 붙인 콧수염. 터덜거리는 커다란 구두. 낡은 중절모. 몸에 맞지 않는 헐렁하고 궁상스러운 옷차림. 우스꽝스런 걸음걸이. 익살스런 어깨 짓. 그리고 의젓하고 훌륭한 미남 신사에 이르기까지 천의 웃음과 천의 슬픔, 천의 얼굴과 몸짓을 가진 사나이. 비극 속에서도 인류를 웃긴 희극의 천재. 한 연기자라기보다는 철학자에 가까운 웃음과 눈물의 천재.

이런 수많은 수식어로도 부족한 인물이 바로 찰리 채플린이다. 열광하는 팬들에게 밟혀 죽을 뻔했던 찰리 채플린을 아직 기억하는 사람들이 많을 것이다.

이 희극의 천재는 사춘기를 어떻게 보냈을까.

그는 거리의 부랑아였다. 공원에서 자기도 하고, 쓰레기통을 뒤져 먹었다. 그러나 누구의 신세도 지지 않았고, 돌보아 주는 이 하나 없어 고아나 다름없이 살았다. 한때는 빈민 구제원에 수용되기도 했었다.

삼류 극장 여배우였던 어머니는 아버지의 죽음과 함께 찾아든 외로움과 가난에 지쳐 몸져누운 상태였다.

그래서 찰리는 거리에 나가 싸움질을 하고, 남의 유리창을 깨뜨리고, 노점상에서 훔치기도 하고, 그러다 잡혀 혼이 나기도 하고, 날쌔게 도망쳐 순찰경관을 골려주기도 하는 부랑아 중에서도 골치 덩어리였다.

어머니는 그런 아들에게 관심을 쏟을 기력조차 없었다. 그래도 찰리는 집에 돌아오면 참담해 하고, 근심에 싸인 어머니를 위로했다. 비록 거리의 부랑아이긴 했지만 극진한 효자였다.

어머니를 위로하는 방법은 웃겨 드리는 것이었다. 웃으면서 잠시라도 근심 걱정을 잊게 하려는 것이었다. 찰리는 우스꽝스럽거나, 고약하고 난폭하거나, 바보스런 사람들 흉내를 잘 내, 어머니를 웃게 했다.

"어머니! 오늘은 말예요, 저 모퉁이 마차부 영감이 말이지요, 글쎄……."

찰리는 가난하여 터무니없이 크고 낡은 구두를 신어 터덜거리며, 줄줄 흐르는 콧물을 훔치는 늙은 마부의 모습을 그대로 재현했다. 그럴 때면 어머니의 얼굴에서는 슬픔이 사라지는 듯했다.

어머니의 반응이 시원치 않을 때는 맥이 쭉 빠졌고, 어머니가 웃을 땐 그의 얼굴에도 햇살이 비치는 듯했다. 그래서 그는 어머니를 웃겨드리려고 갖가지 레퍼토리를 연구했다. 점잖은 얼굴로 괴상한 춤을 추기도 하고, 짐승들의 울음소리나 물건의 형태와 특징들을 잘 포착하여 흉내 내기도 했다. 그때마다 어머니와 이웃사람들은 데굴데굴 구르며 웃었다.

"찰리 녀석, 예사 놈이 아닌데……."

이러면서 감탄하기도 했다.

어머니는 자신이 배우였던 만큼 찰리의 재능을 발견했고, 그런 아들의 재질을 키워주기 위해, 창밖으로 지나가는 행인들의 우스꽝스런 몸짓을 흉내 내어 직접 보여주기도 했다. 찰리는 또 그런 것들을 금방 따라 했다.

어머니는 옛날 자기 지배인이었던 사람에게 찰리를 소개했다. 그때부터 채플린의 무대 예술은 빛을 발하기 시작했다.

찰리가 무대에 서기 훨씬 전인 예닐곱 살 때쯤의 일이라고 한다. 그땐 어머니가 무대 공연을 하던 때였다. 어머니는 삼류극장의 배우였던 만큼 벌이도 시원찮았고, 그래서 채플린은 늘 배가 고팠다. 뒷날 회상할 때 그는 '나의 어릴 적 소망은 하루 세끼 어김없이 배불리 먹는 것과 어머니가 늘 미소 지어 주는 것'이라고 했단다.

어머니는 모처럼 중요한 역할을 맡아 열연하는 중이었는데, 얼마나 대단한 열창이었던지 삼류 오페라 가수에게 박수갈채와 동전이 쏟아졌다. (그 때는 무대에다 동전을 던지기도 했다.)

그래도 어머니는 모른 채하고 노래만 불렀다. 무대 뒤에서 이를 지켜보던 꼬마 찰리는 몹시 조바심이 났다. 저 동전을 누가 주워가면 어쩌나 해서 말이다. 안달이 난 꼬마는 물건을 훔치러 월담하는 도둑처럼 머리를 숙이고 살금살금 무대 위로 기어 올라갔다. 그리고는 앞뒤를 살피며 동전을 줍기 시작했다. 남의 과수원에 들어가 알밤을 줍듯이.

느닷없이 출현한 꼬마의 우스꽝스런 짓거리에 관중들은 와아 웃음을 터뜨렸다. 노래가 끝나자 어머니는 난처해서 어쩔 줄을 몰랐다. 말똥말똥 어머니를 올려다보던 찰리가 말했다.

“어머니 신경 쓰지 말고 노래만 열심히 부르세요. 돈은 저한테 맡기고요. 안심하세요, 어머니.”

꼬마는 돈 때문에 어머니가 부르던 노래를 중단한 줄로 안 모양이었다. 사람들은 배꼽을 잡고 웃었다.

어머니는 창피해서 얼른 무대를 나가버렸다. 무대 중앙에서 돈을 움켜쥐고 돌레돌레 살피는 꼬마의 모습이 얼마나 우스꽝스러웠겠는가!

찰리는 아직 바닥에 남아 있는 돈을 다른 사람이 집어갈까 봐 무대를 나가지 못했다.

다음 가수가 차례를 기다리고 있었다. 꼬마를 내보내기 위해 무대 감독이 올라왔다. 그때였다.

“손! 손대지 말아요! 꼼짝 말아요!”

꼬마는 무대감독을 향해 총을 쏘는 시늉을 하며 다시 소리쳤다.

“뒤로 돌아! 앞으로 가!”

감독은 그대로 뒤로돌아 무대를 내려갔다. 그러자 꼬마는 다시 소리쳤다.

"엄마! 빨리 모자 가지고 와요. 돈 주워 담게."

사람들은 이 꼬마를 보며 배를 잡고 웃었다. 채플린은 나면서부터 남을 웃기는 재주를 타고난 것이다.

채플린은 어머니의 주선으로 '라·카샤의 여덟 소년'이라는 어린이 극단 멤버로 활약하게 되었다. 그러나 그 시절 유랑 극단의 어린이 단원들이란 노예나 마찬가지였다. 침대 하나에 대여섯 명씩 옹가종기 붙어서 잠을 자야했고, 시트에는 이가 득실거렸다. 거지꼴에다 형편없는 식사, 여행에서 여행으로 이어지는 오랜 순회공연, 그런 틈틈이 해야 하는 엄격하고 매서운 무대 연습, 매일 서너 시간의 공연……. 그야말로 무서운 착취였다. 그의 나이 불과 열 살에 이런 무대 경험을 쌓게 된 것이다. 이 즈음의 채플린의 무대란 그저 대단찮은 단역이었다. 그냥 일러주기만 해도 할 수 있는 그런 것들이었다.

그러던 어느 날, 그에게도 꽤 비중이 큰 역할이 맡겨졌다. '셜록 홈즈'에서 빌리 역을 맡게 된 것이었다. 찰리는 일찍이 사회의 부조리와 비리를 체득하는 대신, 읽기, 쓰기를 전혀 못하는 일자무식이었다.

그 전에는 연출자가 일러주는 대로 그냥저냥 하면 되는 아주 사소한 역할들이었지만, 이번의 빌리 역은 중요한 역할인 만큼 대본을 외우지 않으면 안 되었다. 그런데 안타깝게도 그는 까막눈이었다. 그렇다고 까막눈임을 고백할 수도 없었다. 그것을 고백하면 빌리 역은 틀림없이 뺏길 테니 말이다.

"이 역할을 뺏길 수는 없어. 어떻게든 이 역을 해내야만

해! 어떻게든. 그런데 어떻게 해야 하지?"

어린 채플린은 한 자도 읽을 수 없는 대본을 들여다보며 애를 태웠다.

"옳지, 그렇게 하자. 그렇게 하면 될 거야."

찰리는 알았다는 듯 무릎을 탁 치고는 그대로 집으로 달려왔다. 모처럼 얻은 귀한 역할을 빼앗길까 두려워 대본을 들고 집으로 뛰어온 것이다.

찰리의 이야기를 들은 어머니는 하도 어이가 없어 앙천대소했다.

"아이고, 우스워라. 그까짓 것 못하면 그만 두면 되지 대본을 가지고 집으로 뛰어 오다니! 세상에 너도 참 웃기는 아이구나."

"엄마, 전 무작정 달려온 게 아니에요. 전 오늘 밤 이걸 다 외울 거란 말이에요. 어머니가 대사를 가르쳐 주세요."

"아니, 뭐라고? 이걸 오늘 밤에 다 외우겠다고?"

"그래요, 엄마. 전 꼭 오늘 밤에 이걸 다 외워야 해요. 빌리 역을 뺏기면 절대로 안 돼요."

찰리는 그날 밤을 꼬박 세며 어머니의 도움으로 빌리의 대사를 전부 외웠다.

공연은 대성공이었다. 채플린은 차츰 인기를 얻어갔고, 그것이 연예인으로서의 삶의 시작이었다. 어느새 주역으로 탈바꿈했다. 그렇게 열다섯 살이 되니 채플린은 이제 노련한 배우로서 당당한 명성을 얻게 되었고, 변두리 순회공연의 힘든 생활에서 벗어나, 런던의 몇몇 일류 극장과도 안면을 텄다.

연예인으로서의 생활이 틀이 잡혀 감에 따라, 아직 가난하기는 했지만 끼니 걱정은 하지 않게 되었고, 부랑아로 런던 거리를 배회하지 않아도 되었다. 그런 반면 한 가지 걱정은 남아 있었다.

그것은 무학(無學)이었다. 그는 자신의 무학을 절감하고 그것을 타개하기 위해 진력했다. 배울 수 없었던 자신의 비참했던 어린 시절을 돌이켜보며 지식의 빈틈을 메우려 애썼다. 한 푼이라도 아끼기 위해 헌 책방을 뒤져 값싼 책들을 구해다 읽었다.

모든 예술가들의 궁극의 끝은 진실이라는 것을 이미 체득한 채플린은 이제 정신세계를 가꾸어 나갔다. 인간의 기본 바탕이 되는 진실을, 런던의 부랑아 시절 거리를 헤매며 이미 자기 것으로 만들었던 까닭에, 그의 배우 수업은 끝난 것이나 다름없었다. 그래서 이제 남은 문제는 연기력 못지않은 정신세계를 윤택하게 가꾸는 일이었다.

그가 특히 심취했던 것은 쇼펜하우어였다. 그는 쇼펜하우어를 무려 사십년 동안 가방에 넣어가지고 다니며 틈틈이 읽고 또 읽었다 한다.

어쨌든 채플린은 무대와 지식과 세상을 정복해갔다. 스물세 살 때 대서양을 횡단하여 배가 막 뉴욕의 부두에 닿았을 때, 채플린은 뉴욕에 대고 절을 꾸벅하고는 팔을 쫙 벌리고, 가슴을 있는 대로 활짝 펴고, 큰 소리로 외쳤다.

"경고하노라, 미국이여! 나는 그대를 정복하러 왔노라!"

미국을 정복하러 왔든, 세상을 정복하러 왔든, 채플린은 언제나 명 연기자였다.

열네 명의 영국 극단 친구들과 함께 무작정 미국으로 건너온 채플린은 '알뜰 새'라는 연극을 공연하고 있었다. 미국에 알려진 배우가 하나도 없는 이 풋내기 영국 배우들의 공연이 인기가 있을 리 만무했다. 이들은 자기들끼리 기술 스텝도 되고, 가수도 되고, 식모 역도 하고, 주정뱅이 역도 하고, 손님 노릇도 하면서 열심히 연기했다.

이때, 허리우드의 유명한 프로듀서였던 세니트라는 사람이 우연히 이 공연장을 들여다보게 되었다. 세니트가 본 장면은, 청년 채플린이 무대를 향해 야료를 던지며 빈정대는 주정뱅이 관객 역할을 하고 있는 것이었다. 세니트는 이 낯선 뚱보에게 홀딱 반했다. 그리고 뉴욕에 있는 그의 전속 감독에게 전보를 쳤다.

"채플만인가 채플린인가 하는 젊은 놈을 당장 잡아라. 제2구에서 시시덕거리고 있다."

그러나 채플린인지 채플만인지 하는 젊은 놈은 미국의 모든 연예잡지를 다 뒤져도 찾을 수가 없었다. 새로 나온 월간 연예잡지까지 깡그리 조사해 보았으나 채플린이 누구인지 전혀 그림자도 잡을 수 없었다. 이 프로덕션은 급기야 채플린을 전국에 수배하기 이르렀다. 그리고 일주일 만에 그를 찾아냈다.

그리고는 무작정 1년의 계약을 해버렸다. 주당 125달러라는 파격적인 액수로. 이렇게 하여 세계적인 명배우 찰리 채플린의 본격적인 연기 인생의 막이 올랐다.

그의 연기는 그저 단순한 연기라기보다는, 그의 가슴속 깊은 곳에서 솟아오르는 진실한 인간애, 바로 그것이었다. 뒷골목 시절 관찰한 모든 것, 자기의 삶이 되어버린 모든 것, 어머니를 웃기기 위한 모든 것이 그대로 광대 예술의 정수였던 것이다. 그는 마임, 날카로운 풍자, 위트와 유머로 사회의 비리와 부조리, 잔인함, 죄악과 비참함, 허영과 억압, 권력과 전쟁의 광적인 파괴를 조롱하고 증오했다. 그러면서도 인간에 대한 깊은 애정으로 삶을 대변해 주던 찰리 채플린은 몸으로 말하는 철학자였다고 해도 과언이 아닐 것이다.

작은 모래알도 많이 실으면 배가 가라앉는다.

Many grains of sand will sink a ship.

적우(積羽), 배를 가라앉히며……,
중구(衆口), 쇠를 녹인다.

사기(史記) 장의전(張儀傳)

새털같이 가벼운 것도 많이 실으면 배가 가라앉고, 여러 사람의 입이 맞장구를 치면, 단단한 쇠도 녹일만한 위력을 나타낸다. 즉 작은 일이 커진다는 뜻이다.

익자삼우(益者三友)
손자삼우(損者三友)

유익한 친구에 세 종류가 있고, 사귀어 손해나는 친구에 세 종류가 있다.

정직한 친구, 관대한 친구, 박학한 친구, 이는 유익한 친구들이고, 아부하는 친구, 표리부동하고 마음에 진실이 없는 친구, 말만 번드레한 친구, 이들은 손해나는 친구들이다.

논어(論語) 계씨편(季氏篇),

2권에 계속.

명언명구名言名句 목차